Джурахон Маматов
ПАМИРСКИЕ РАССКАЗЫ

Издательство +ДА
Нью-Йорк
2011

+ЭА

Джурахон Маматов
ПАМИРСКИЕ РАССКАЗЫ

Издательство +ДА
Нью-Йорк
2011

в редакции Елены Простак

ISBN-13: 978-1-936550-05-0

Edited by Elena Prostak
Редактор — Елена Простак

Address: plusDA Publishers, PO Box 1183, LIC, NY 11101, USA

В книге рассказывается о высокогорном, малоизвестном большинству людей уголке земли под названием Памир. О горцах и горянках, гордо и молчаливо переносящих ежедневные, суровые горные будни.
«Я – привилегированный человек, что увидел эту красоту...», – так сказал один из иностранцев, впервые посетивший этот удивительный край, восторженно разглядывая первозданную красоту памирских гор...

ПОЛНЫЙ КАТАЛОГ КНИГ НА
www.plusda.com

+DA / plusDA Publishers
www.plusDA.com

IDA

Памир – это действительно красота...

Что может сравниться с величием памирских гор, с их первозданной красотой, чистейшими родниками, вкуснейшей водой и упоительным воздухом? Я помню слова одного иностранца, который впервые увидел Памир и сказал: «Я – привилегированный человек, что побывал здесь… Не каждому удаётся увидеть эту красоту...» Я тоже, по Божьей воле, считаю себя привилегированным человеком: я часто бываю там.

И каждый раз, когда бываю на Памире, я, высоко запрокинув голову, восторженно гляжу на эти величественные горы, стоящие в звонкой тишине…

И я снова встречаюсь со своими замечательными и удивительными друзьями-горцами, гордо и молчаливо переносящими ежедневные, суровые горные будни. Брожу по каменистым, хранящим эхо долгой истории, таинственным ущельям… И где-нибудь, на высокой горной тропе, утомившаяся жительница тех мест, приложив ладони козырьком к глазам, с удивлением бросит свой проницательный взгляд на странника, влюблённого в горы. А я, мысленно послав ей свои пожелания счастья в её нелёгкой горной жизни, продолжу свой путь дальше к сверкающим вершинам.

И вы, мои дорогие читатели, на страницах этих рассказов вместе со мной можете побывать на этом таинственном, малоизвестном большинству людей уголке земли под названием Памир.

Остаётся добавить, что все события, все герои моих рассказов и их имена вымышлены, и любые совпадения с реальной жизнью являются совершенно случайными.

Джурахон Маматов

ПАМИРСКИЕ РАССКАЗЫ

Часть 1

+ДА

Издательство +ДА
Plusda Publishers
www.plusda.com

Живописное это место – кишлак Пастхуф, расположенный на правом берегу реки Пяндж и весь утопающий в зелени. Внешнему миру мало что известно о нем, хотя селение достаточно древнее. Как и везде, люди в нем живут своими ежедневными заботами: влюбляются, женятся, воспитывают детей. Здесь есть свои таланты, свои артисты, свои рыбаки, свои хохмачи-юмористы, в общем, свои индивидуальности. Но особой достопримечательностью являются красивые девушки. И одна из них – Ниссо. Она всегда носит памирское платье-курта белого цвета с красно-зелёной вышивкой. Голова ее обычно покрыта платком-титак, и из-под него видна её красивая каштановая коса, в конце которой она неизменно вплетает пулкак.

Пулкак – это древнее украшение персидских девушек, которое вьётся из шерстяных нитей с мелким цветным бисером. Может, оттого Ниссо и красивая, что носит национальную одежду, хотя и в европейском наряде она выглядела бы тоже неотразимо – она ведь из Пастхуфа.

Внешне она очень похожа на Ромину Пауэр, солистку распавшегося итальянского дуэта «Аль Бано и Ромина Пауэр». Помните их знаменитую песню «Феличита» (Счастье)? Но я думаю, Ниссо гораздо красивее. Спросите почему? А был такой случай. Как-то мне с семьёй пришлось лететь вместе с ней из Душанбе в Хорог.

Ан-28, маленький белый самолётик, разогнался по взлётной полосе и, слегка качнув крыльями, как бы сказав «пока» городу Душанбе, направился в сторону Хорога.

Чувствовалось, что жаркий воздух августа был разреженным: самолёт то нырял, то его подбрасывало вверх. Мы стремительно набрали высоту и быстро пролетели предгорья Памира. Вместе с нами в салоне находились иностранцы, кажется, журналисты. Они сидели в передних рядах. Вдруг один из них обернулся, и его взгляд упал на красавицу Ниссо. Он, как завороженный, смотрел на неё, потом осторожно достал свой фотоаппарат и профессиональными движениями начал делать снимки. Другие его коллеги стали делать то же самое.

Пассажиры – а было нас пятнадцать человек – в основном женщины, дети и несколько мужчин, с удивлением наблюдали за журналистами. В их глазах можно было прочесть: «Что тут такого особенного? Да у нас таких девушек весь Памир!». Ну, во всяком случае, мне так показалось. Ниссо вся покраснела и, сконфузившись, стыдливо спросила меня, и я сквозь гул моторов расслышал:

– Ка гас кинан (Почему так делают – *хуф. диал.*)?

Я заметил, что её голубые глаза были полны искреннего удивления.

– Наверное, никогда не видели такой красивой девушки, как ты, – ответил я, наклонившись к её уху. Она ещё больше покраснела, но ничего не ответила. Иностранцы, сделав ещё несколько снимков, вернулись на свои места. Пассажиры прильнули к иллюминаторам, потому что начиналось сказочное зрелище: мы пролетали между высоченными пиками, покрытыми снегом, едва не задевая их крыльями.

Это место знают все лётчики, оно называется «Рушанские Ворота» – две вершины в небе, между которыми должен пролететь самолёт. Такие вот высокие горы на Памире. После «Рушанских Ворот» мы начали потихоньку снижаться. Слева я увидел кишлак Тем – значит, очень скоро окажемся на гостеприимной памирской земле.

Самолёт слегка коснулся взлётной полосы и побежал по бетонке. Пассажиры захлопали в ладоши...

Через иллюминатор показались встречающие люди, прильнувшие к невысокому забору аэропорта. Пилоты включили реверс двигателей и начали торможение. Гул двигателей усилился, а потом резко прекратился – заглушили моторы. И тишина. Лётчики первыми покинули самолет, за ними по трапу спустились и мы. Иностранцы тоже вышли и весело помахали Ниссо на прощание. Она опустила свои длинные ресницы. Вот такая она у нас застенчивая.

Я уловил обрывки их фраз:

– It would be nice... the pictures... editors... good chances... women's magazines (Было бы хорошо... фотографии... редакторы... хорошие шансы... женские журналы... – *англ.*).

Как только мы вышли из аэропорта, за журналистами приехал автомобиль из Хукумата (городская администрация), и они уехали в сторону Хорога.

Нас тоже встретили родственники на машине, и мы, радостные, направились к себе в кишлак.

Осталось только добавить, что красавица Ниссо – моя родственница, хиён (свояченица – *шугн.*).

Мы ехали по горной дороге вдоль реки Пяндж,

проезжая удивительные места под названием Тем, Поршнев, Ёмдж, Баджув. Наша «Нива» петляла среди величественных гор, глядя на которые тебя охватывает восторг от красоты первозданной природы, и хочется лишь молча смотреть на них. С правой стороны мелькали кишлаки, в которых может быть проживали сотни других никому не известных Ниссо. Из магнитофона неслась песня Далера Назарова «Мастам, мастам».

14 апреля 2009 года

Утро на Памире

Утро на Памире – это что-то особенное. Я проснулся от звуков веника – моя свояченица Ниссо подметала двор. Пахло свежеполитой землёй. О, этот запах, запах детства! Он просто опьяняет. Топчан, на котором я спал, находился прямо под яблоней, и вокруг распространялся ещё аромат яблок «себрах». Всё это, смешавшись, создавало симфонию запахов утреннего Памира. Пока я вдыхал этот аромат, перед топчаном пробежали барашки и козлики – это Ниссо выгоняла их на выпас. Я обратил внимание на крошечного снежно-белого козленка. Он мелкими шажками бежал за своей мамашей, но мой племянник-первоклассник догнал его и, остановив, поднял на руки. Козлик брыкался и нежным голосом блеял: «ме–ме–ме». Наверное, это переводилось как: «Я тоже хочу на выпас». Но его ещё нельзя было отпускать на поле, ему была всего неделька отроду.

Я встал и умылся свежей холодной водой из ручья, который протекал прямо через двор. К утренней симфонии запахов добавился аромат дыма и ширчая (чай с молоком – *шугн.*).

– Джура, идём пить ширчай, – послышалось из ошхоны (кухня во дворе – *тадж.*).

– Нет, я не хочу! Мне подайте бифштекс и кофе со сливками, – пошутил я, но с удовольствием присоединился к чаепитию.

В августе на Памире по утрам чуть прохладно, поэтому за дастарханом многие сидели укутавшись, кто в спортивный костюм, кто в тёплый халат. На афганской стороне вершины гор осветились солнцем – значит оно сейчас, перевалив через горную вершину, осветит и наш кишлак, и станет по-августовски тепло.

Белоснежный козлик тоже подошёл к дастархану, точнее, к первокласснику-племяннику, тыкнул ему в плечо влажным носом, а потом заглянул в чашку с ширчаем. Наверное, ему понравился исходивший оттуда аромат, но пить его он не стал. Отвернувшись от ширчая, он увидел кур, клюющих траву в огороде, и прыжками поскакал в их сторону.

Куры разбежались врассыпную. Не тронулся с места лишь пёстрый петух. А как же иначе? Ему не хотелось опозориться перед курами. Гордо подняв голову, он угрожающе уставился на козлика, который впервые в жизни видел это грозное пернатое и поэтому тоже удивлённо смотрел на петуха своими жёлтыми глазками, но, почуяв неладное, не стал рисковать и медленно отступил назад.

Потом он высокими прыжками поскакал туда, где Ниссо, сидя на корточках и с тазиком в руках, собирала тутовые ягоды. Резко остановился перед ней, а потом побежал в огород. Ну что возьмёшь с козлика? Козлик – он и есть козлик.

После ширчая все начали расходиться по своим делам. Кто-то взял в руки серпы и собрался на сенокос, кто-то сказал, что ему нужно съездить в Хорог, а кому-то нужно было в Рушан. Сестрёнки Насиба и Мавзуна присоединились к Ниссо и тоже стали собирать тут.

Так начиналось утро в кишлаке...

21 февраля 2009 года

Дождь

Как-то в июне месяце, в полдень, я возвращался из Баджува в Пастхуф. Июнь на Памире, как обычно, не очень жаркий, но и не очень прохладный. То пройдёт дождь, то выглянет солнышко. Воздух чистый и свежий, как всегда после дождя. Молодые, недавно раскрывшиеся ярко-зеленые листья деревьев шелестят под слабым ветерком. По обочине дороги, вперемешку, буйно цветут весенние желтые и синие цветы.

Погода была солнечная, хотя кое-где в небе были видны дождевые тучи. Я решил пройтись пешком. Это ведь одно удовольствие – прогуляться по дорогам Памира. Изредка проскакивали УАЗики с пассажирами, загруженные багажом. Я шел и насвистывал себе под нос мелодию песни группы «Шамс»: «Рубобчаят зилак чизил ёри ман...» (шугнанский язык – *прим. автора*). Иногда, какая-нибудь мелодия как прицепится, так целый день и вертится у тебя в голове, и ты её неосознанно мурлычешь себе снова и снова, даже и не замечая.

По пути мне встретился мальчик, одетый в старый спортивный костюм, на котором еле-еле виднелись выцветшие буквы, и я с трудом разобрал надпись «Montana». Он шел по встречной дороге, погоняя зелёным прутиком рыжую корову, у которой было полное вымя молока.

– Саломолек, – поприветствовал он меня, поравнявшись.

– Ваалейкум бар салом, – ответил я. – Куда собрался? – поинтересовался я у мальчика, скорее всего просто так, чтобы что-то сказать.

– В кишлак Баджув, – ответил он мне равнодушно.

– Давай побыстрее, а то видишь, дождь собирается, – с улыбкой сказал я ему. Он тоже улыбнулся и дальше погнал свою корову.

Я продолжил свой путь. Слева шумела горная река. На ее берегу, впереди, виднелась небольшая ореховая рощица. На пути к ней я заметил большую тёмную дождевую тучу, неожиданно выплывшую со стороны афганских гор. Я понял, что сейчас польёт дождь. Мне сразу вспомнился мальчик, он ещё наверняка не добрался до Баджува.

Когда я добрался до ореховой рощи, дождь уже начал накрапывать. Я решил переждать его под деревьями. Он всё усиливался и усиливался. Через некоторое время вода стала пробиваться сквозь листья орешника. Сначала редкими каплями, а потом хлынула вовсю, как из ведра. Я перебрался поплотнее к стволу, где было сыро, но все же посуше. Взглянул на небо: тучи сгущались. Было ясно, что ждать мне придётся долго.

Я посмотрел на дорогу в надежде, не видно ли какой-нибудь попутной машины. Машин не было. Вдали я заметил маленькую фигурку, бегущую в сторону рощи, и я подумал сначала, что это тот самый мальчик, который тоже решил переждать ливень под деревьями. Но по мере приближения я всё больше и больше убеждался, что это не парень, а девочка лет тринадцати или четырнадцати. Подойдя поближе, она удивлённо посмотрела на меня своими большими зелёными глазами и встала под соседнее, шагах в пяти от меня, дерево. Её платье-курта тёмно зелёного цвета промокло насквозь и плотно облепило уже девичье тело. Заметив это, она повернулась ко мне левым боком.

На голове у неё был пёстрый мокрый платок, из-под которого выбились влажные волосы, прилипнув к нежному, ещё почти детскому лицу. На ногах — резиновые калоши чёрного цвета. Она, наклонившись, попыталась выжать подол платья, но тщетно, буквально через минуту он был мокрым опять: дерево её почти не защищало.

— Иди, встань сюда, а я перейду на твое место, — с улыбкой предложил я ей своё укрытие, где по-прежнему было более или менее сухо. Она помотала головой.

— И что тебе дома не сидится в такую погоду?

— Мне нужно в Вамар, в аптеку за лекарствами. У матери температура третий день, а наш медпункт уже неделю закрыт. Да и лекарств там всё равно нет, — недовольно ответила она.

— А постарше никого не было послать за лекарствами?

— Брат в России. Здесь только я и мама. Надеялась сесть на попутную машину, да не повезло, — ответила она, уже без раздражения в голосе.

— Переходи на моё место, а я пойду поголосую на обочине дороги. Я вышел из-под укрытия и направился к дороге. Я заметил, как она робкими шагами перебралась под моё дерево.

Дождь продолжал лить как из ведра, и я промок насквозь. Машин не было. Я простоял около четверти часа безрезультатно и решил вернуться обратно под дерево, но не под то, где стояла девчонка, а под другое, которое почти не защищало от дождя. Она попыталась освободить мне место, но я обеими руками замахал в её сторону, показывая, чтобы она не высовывалась оттуда. Я заметил, что за четверть часа она почти успела обсохнуть, и над её плечами слегка клубился пар. Она их обхватила ладонями, и я увидел, что её тонкие детские пальцы были не по-детски натружены. Видимо, всю работу по хозяйству выполняла она. И я подумал, какая же нелегкая доля у этой девчонки в этом затерявшемся среди гор кишлаке.

– В школу-то ходишь? – спросил я её

– Сейчас каникулы, – уже более дружелюбно ответила она. А вообще хожу, уже в седьмой класс перешла.

Потом она рассказала, что очень ждёт брата из России, и что он должен жениться в ближайший свой приезд, и что если у неё будет хиён (жена брата – *шугн.*), ей станет легче справляться с работой по дому. Она потихоньку разговорилась и ещё много чего поведала о своей недетской судьбе в кишлаке. Рассказала о единственной кукле, которую подарил ей брат на Новый год, когда ей было лет шесть. Я слушал её молча, изредка вставляя короткие реплики вроде «да», «неужели», «ах, вот как...». Так, незаметно, мы проговорили более часа. Дождь не прекращался.

Вдруг послышался шум приближающейся машины. Я, не дослушав ее, выбежал на дорогу и увидел серый УАЗик, на боку которого было написано «АКДН». Было заметно, как интенсивно работали дворники на лобовом стекле. Я замахал так неистово, что машина сразу остановилась. Она была битком набита пассажирами.

– Садись, одно место как-нибудь найдём, – открыв дверь, прокричал водитель – молодой парень в бейсбольной кепке на голове.

– Эй, ях, тарав тезды жоз (Эй, сестрёнка, беги сюда скорее – *пам.*), – прокричал я, тут же сообразив, что за всё время я даже имени её не спросил. Она быстро подбежала и с большим трудом втис-

нулась на заднее сиденье. Я резко закрыл за нею дверь, всё ещё боясь, что водитель передумает, и заметил через запотевшее стекло её удивлённое лицо. Она что-то пыталась сказать, но я ничего не расслышал.

Водитель, высунув голову, прокричал, что за ними едет ещё машина, рванул с места, и автомобиль исчез в пучине дождя.

Я стоял у дороги, не зная, что делать – вернуться ли под дерево или ждать машину. Решил вернуться под дерево. Там мне бросились в глаза следы от калош.

Мне пришлось простоять под орехом ещё некоторое время, и дождь прекратился. Я вышел на дорогу и продолжил свой путь в кишлак. Снова выглянуло солнышко. Усилился запах трав, будто после сенокоса. Я поймал себя на мысли, что снова насвистываю мелодию песни «Рубобчаят зилак чизил ёри ман...».

Вот уже столько лет прошло с того летнего дождливого дня, а я каждый раз, проезжая этот участок дороги, всегда невольно бросаю взгляд под то дерево...

23 апреля 2009 года

Манзура (Красавица с Памира)

Начал накрапывать дождь. Наша маленькая темно-зелёная «Нива» с трудом взбиралась на подъём по дороге в сторону Джалонди. За рулём сидел седоволосый Хол Мирзо (так мы его называли). Рядом с ним расположился Оливер – ещё молодой парень, сотрудник одной из международных организаций в Хороге. Мы ехали уже больше часа. Дождь то усиливался, то внезапно прекращался. Хол Мирзо то включал дворники, то выключал. Погода напоминала раннюю весну, хотя на дворе стоял июль месяц.

– Что-то Оливер замолчал, – тихо произнёс Хол Мирзо. Оливер, услышав своё имя, повернулся ко мне, и я понял, что он ждёт перевода. Я ему перевёл слова Хол Мирзо.

– О да, я замолчал, потому что впервые вижу такие высоченные и красивые горы, – ответил он. И затем с восторгом добавил:

– Я считаю себя привилегированным человеком, что побывал на Памире. Поверь, у меня на родине никто никогда не слышал об этих краях и даже не представляет себе, что существуют такие красивые горы, – сказал он, понизив голос, как будто говорил самому себе.

Пока мы доехали до Джалонди, опять выглянуло солнышко и стало чуть теплее. Возле небольшой постройки у одного из горячих источников стояла женщина и два старичка, одетые в тёплые халаты. Голова женщины была укутана белым полотенцем. Одета она была в поношенный халат зелёного цвета с длинными рукавами. У одного из стариков на голове была памирская тюбетейка, а у другого – тёмная шерстяная кепка. По раскрасневшимся лицам можно было догадаться, что они только вышли из горячей воды. Мы поздоровались.

Я взглянул на Оливера и заметил, что он неотрывно и чуть прищурившись смотрит на одну из горных вершин с правой стороны дороги.

– Джура, сколько, ты думаешь, высота этого пика? – спросил он меня. И я заметил в его глазах мальчишеский азарт.

– Точно сказать не могу, но примерно тысячи три будет, – ответил я, приблизительно оценивая высоту горы.

– Может, поднимемся? – с блеском в глазах предложил Оливер.

– Да ты что? Мы ведь приехали сюда, чтобы искупаться в горячих источниках, – неуверенно напомнил я ему цель нашего путешествия.

– Ну, после подъёма и искупаемся, так оно будет даже интереснее, – продолжал настаивать он.

Старики внимательно слушали нас, часто моргая глазами. Так бывает, когда не понимаешь языка, но непроизвольно поворачиваешь голову то на одного, то на другого собеседника.

– Что он говорит? – спросил меня Хол Мирзо.

– Предлагает подняться вон на ту вершину, – показал я в сторону горы.

– Скажи ему, что это нелегко, да и с непривычки может схватить «тутак», – вмешался старик в кепке.

– А кто это или что это такое? – спросил я с удивлением.

– Ну, так бывает, когда поднимаешься слишком высоко, и внезапно теряешь сознание, – пы-

тался он объяснить мне. Я перевёл всё это Оливеру, надеясь, что тот передумает.

— Слушай, Джура, когда у меня будет ещё такой шанс? Давай попробуем, — не унимался он. — Я слышал, что поднимаясь на большую высоту, нужно пить побольше воды, и всё будет нормально, — добавил Оливер, заворожено смотря вверх.

По тону его разговора я понял, что он не отступится от своей задумки. Затем он быстрыми шагами направился в сторону машины, открыв дверцу, достал свой тёмно-зелёный рюкзак и из багажника вытащил три бутылки таджикской минеральной воды «Шохамбари» без газа. Старики сокрушенно покачивали головами.

Поняв, что отговаривать его бесполезно, я тоже последовал его примеру, положив и в свой рюкзак три бутылки воды.

— Ты присматривай за ним, — назидательно проговорил Хол Мирзо.

— Постараюсь, — буркнул я.

Сначала мы шли по отлогому склону горы, по невысокой зелёной траве. Затем трава поредела, появилось больше щебенистых камней, и наши подошвы стали проскальзывать по ним, что заметно усложняло подъём. Потихоньку начали встречаться большие камни, а затем просто огромные валуны цвета цемента и извести вперемешку. Оливер шёл впереди, я — в трёх-четырёх шагах позади него. Через некоторое время он предложил отдохнуть. Мы присели на небольшой камень.

— Попей водички, — сказал он.

Хоть я и не чувствовал особой жажды, я прислушался к его совету и сделал несколько глотков минералки. Мы посмотрели вниз. Наша машина выглядела как спичечный коробок, и люди казались маленькими точечками, но чувствовалось, что они с интересом за нами наблюдают, так как они не расходились.

– Let's go (Пойдем – *англ.*), – весело сказал Оливер, и мы продолжили свой путь на вершину.

Подниматься становилось всё труднее и труднее. Угол склона увеличивался, и мы уже цеплялись за камни. Я вспомнил документальные фильмы про альпинистов. Мы шли долго. Постепенно появился азарт и у меня.

На одном из участков, обходя огромный камень, я оказался впереди Оливера. Внезапно появились тёмные облака, накрыв нас своей тенью. Было такое ощущение, что наступил вечер, хотя часы показывали полдень. Пик скрылся из глаз, потому что облака проплывали гораздо ниже вершины. До цели оставалось совсем немного.

Подул холодный ветер, и начал капать крупными каплями дождь. Затем эти капли превратились в град, который ощутимо бил по телу. Я видел, как белые льдинки отскакивали от камней. Мы с Оливером были одеты в джинсовые куртки. Я взглянул вниз: он отстал от меня метров на семьдесят и, пытаясь защититься от града, прижался к стене скалы. Я тоже прильнул к стене, но она от града особо не защищала. Я вспомнил про рюкзак и накрыл им голову. Стало получше.

– I think, that's enough (Я думаю, этого достаточно – *англ.*), – услышал я крик Оливера сквозь шум града. Мне даже показалось, что я ослышался.

– Что?! Мы же уже почти на вершине, и ты хочешь назад? – крикнул я ему в ответ. Кажется, он меня не расслышал.

– What do you think (Что ты думаешь – *англ.*)?

– услышал я его неуверенный вопрос. Я махнул ему рукой, показывая, что продолжим восхождение. Мне уже самому хотелось покорить эту красивую вершину. Град снова превратился в дождь, а потом и вовсе прекратился так же внезапно, как и появился, хотя облака всё ещё не рассеялись. Я взглянул вниз и заметил, что Оливер потихоньку карабкается вверх. Так мы взбирались ещё некоторое время и оказались выше облаков.

О, это неописуемая красота – смотреть на облака сверху, где они оказались белыми. Сквозь просветы виднелись тёмно-зелёные полосы земли, а надо мною было синее-синее небо, которое можно увидеть только на Памире – без единого облака. Казалось, что внизу сейчас дождливая осень, а наверху – солнечное лето.

Вдруг я услышал чей-то голос, будто кто-то разговаривал. Кто бы это мог быть? Оливера ещё не было видно. Мне сразу вспомнился разговор стариков про «тутак», и я подумал, а вдруг «тутак» так и начинается, то есть со слуховых галлюцинаций. Но это были не галлюцинации.

В нескольких шагах от меня из-за большого стога хвороста показался мальчик лет десяти, а затем появилась и девушка старшего школьного возраста. Они с удивлением смотрели на меня, и я с не меньшим удивлением разглядывал их. Я застыл с открытой бутылкой минералки в руках. На мальчике был жёлто-белый полосатый свитер с протёртыми подлокотниками, откуда виднелись рукава рубашки белого цвета. Обут он был в темно-синие кроссовки с белыми полосками по бокам. На девушке было светло-зелёное длинное платье с мелкими красными цветами. Голова была покрыта платком жёлтого цвета с большими красными розами, из-под которого выпадали золотистые пряди волос. Её бледно-белое лицо имело безупречно правильные черты, и на нем особенно выделялись большие темно-голубые, под цвет неба, глаза. Между нами произошла небольшая немая сцена.

— Здравствуйте, что вы тут делаете? – автоматически вырвалось у меня на русском.

— Саломалек, – ответила девушка на памирском, – узум руси зив нафамум (Я не понимаю русский язык – *пам.*), – добавила она. Я перешел на памирский.

— Мы собираем тут дрова (цузм) на зиму, – продолжила девушка.

— Я помогаю сестре, – добавил мальчик. Он немного заикался.

— Внизу уже ничего не осталось, всё собрали, вот и приходится подниматься на такую высоту, – сказала девушка, разматывая моток бельевой верёвки, и затем села на кучу собранного хвороста.

Она была необыкновенно пропорционально сложена и могла бы стать украшением любого сверхмодного журнала. В тот момент все модели для меня мигом померкли. Мне казалось, что я нахожусь в каком-то сказочном мире. Огромная высота, под нами белоснежные облака, синее небо... и эта красивая девушка, которая так гармонично вписывалась во всю эту небесную страну. Я заворожено смотрел на неё и думал: «Неужели это явь, не сон ли?». Когда она присела, я заметил её памирские джурабы, поверх которых были надеты такие же кроссовки, как у её брата.

Из этого полусонного состояния меня вывел голос Оливера:

— Who are they (Кто они такие – *англ.*)?

Я пытался ему объяснить, кто они и что здесь делают, но заметил, что он меня уже не слушает, а заворожено глядит на девушку.

– Is she Russian (Она русская – *англ.*)? – с удивлением спросил меня Оливер.

– No, she is Pamirian (Нет, она памирка – *англ.*), – уточнил я

Мы тоже присели рядом с ними. Оливер, раскрыв замок рюкзака, достал оттуда маленькие плиточки «Kit Kat» и угостил ребят. Мы разговорились. Девушка сказала, что её зовут Манзура, а братика – Далер. Оказалось, что они из кишлака, расположенного неподалеку. Как же Оливер был удивлён, когда она призналась, что дальше Хорога никуда не ездила, и то это было давным-давно. Во время всего разговора нас не покидало чувство фантастичности ситуации.

Первой встала Манзура. Я спросил, не требуется ли им наша помощь.

– Нет, спасибо! То, что собрали сегодня, мы оставим сохнуть. Сухие кусты будет легче спускать вниз, – объяснила практичная горянка.

Оливер оставил им плиточку шоколада и бутылку минеральной воды. Шоколад мальчик взял, а воду вернул, указав на металлический чайник рядом с хворостом. Мы попрощались как старые друзья. До вершины оставалось около двухсот метров. Всё это расстояние мы прошли молча. И лишь однажды Оливер обмолвился:

– She is just beautiful (Она просто красавица – *англ.*)!

Взобравшись на вершину, мы молча постояли на небольшом плато, взирая на соседние сверкающие пики. Это был другой мир – чистый, волшебный, первозданный. Там тебя могли посещать только возвышенные чувства. И эти чувства многократно усиливались от той волшебной встречи с красавицей Манзурой.

Налюбовавшись этой красотой, мы медленно начали спускаться. Когда достигли места, где повстречали Манзуру и Далера, заметили, что они уже были далеко, на другом склоне горы. Они нам помахали руками. Так мы и расстались.

Спуск был тоже нелегким. Уставшие мышцы ног еле нас слушались. Когда мы оказались внизу, уже наступали сумерки. У машины нас ждал лишь Хол Мирзо.

– Молодцы, – тихо произнёс он и пожал нам руки.

Горячий источник освежил нас. Есть не хотелось – лишь пить. Вечерняя погода была довольно прохладной, и мы оделись потеплее, сели в свою «Ниву» и поехали в сторону Хорога по извилистой горной дороге с включёнными фарами. То ли от усталости, то ли под впечатлением от встречи с той девушкой ехали молча.

Лишь изредка тишину нарушал сонный голос Оливера:

– She is just beautiful...

Я то засыпал, то просыпался. Когда засыпал, мне снилась весело смеющаяся Манзура, которая громко говорила: «Зачем мне ваша Москва, зачем ваш ложный мир и ложные ценности! Я счастлива тут, у себя в горах!». И всё это отзывалось громким эхом от заснеженных вершин.

Я окончательно проснулся, когда машину сильно тряхнуло, и в свете фар я заметил памятник старому автомобилю на постаменте и понял, что мы въезжаем в Хорог.

Через месяц Оливер уехал к себе на родину.

Некоторое время мы с ним переписывались, и в своих письмах он часто спрашивал меня, не повстречался ли я снова с Манзурой. Я отвечал ему, что нет, не встречал её больше. Она для меня, как и для него, навсегда осталась в той заоблачной стране.

Иногда мне всё это кажется сном, но письма Оливера подтверждают, что это действительно было, ведь не мог нам обоим присниться один и тот же сон.

Я часто бываю на Памире, но никогда и никого не спрашиваю о Манзуре. Пусть всё останется так как есть, словно волшебная встреча. С тех пор каждая снежная вершина напоминает мне Манзуру и кажется, что она и есть её отражение – символ чистоты и непорочности.

21 августа 2009 года

На том берегу Пянджа

В июле и на Памире среди величественных вершин, покрытых вечными снегами, становится немного жарко. И в эти дни мы с моим другом Гулобшо выходим к берегу реки порыбачить. У самого берега, на короткой зелёной травке, даже под солнцепёком тебе кажется, что сидишь в комнате с кондиционером. Прозрачная и холодная вода реки Шарвидодж, протекая через наш кишлак, вливается в реку Пяндж. Её талая вода берёт начало у высоких ледников и совершенно чиста. Мы её употребляем как питьевую. Думаю, мало на свете осталось таких мест, где можно без опаски пить природную воду. Точно такая же горная речка вливается в Пяндж со стороны Афганистана. В том месте, где мы обычно рыбачим, река сужается и на другом берегу хорошо виден афганский кишлак, состоящий из нескольких десятков глиняных домов, расположенный среди высоких пирамидальных тополей. От остального Афганистана он отрезан высокими горами. Скорее всего, этот кишлак существует сам по себе. От нас он отделён лишь рекой шириною около тридцати метров.

И к той прозрачной речке на афганской стороне почти каждый день приходят за водой.

В первый день нашей рыбалки к берегу подошли мальчик и девочка. Они погоняли ослика, по бокам которого висели два алюминиевых бидона, связанные коричневой верёвкой. Девочке было примерно лет одиннадцать-двенадцать, а мальчику, наверное, лет восемь. Волосы у неё были совершенно русые, заплетённые в две косички. Одета она была в коротенькое, до колена, платьице-курта красного цвета и такого же цвета широкие шалвары, а ноги были босые. На правой руке, на запястье, у неё был широкий, то ли медный, то ли латунный браслет. Мальчик же был одет в традиционную афганскую одежду «пираан-тумбан» (длинная рубашка с вырезами по бокам) и брюки-штаны. Одежонка у него была изношена до такой степени, что трудно было определить её цвет – то ли коричневая, то ли серая. Они остановились у речки и долго нас разглядывали: для них мы – люди из другого мира. У нас тут вдоль реки проложена асфальтовая дорога, и по ней носятся разные машины. В нашем кишлаке есть электричество и даже по ночам горит свет. А у них вместо дорог узенькие тропиночки, а вместо машин ослики да лошадки. По ночам в маленьких оконцах, залепленных грязным целлофаном, горят масляные светильники, да и то лишь у зажиточных.

Мальчик и девочка, понаблюдав за нами, принялись заливать воду в бидоны маленькими деревянными ведёрками. Чтобы поддерживать равновесие ослика, мальчик заливал воду в правый бидон, а девочка в левый.

– У тебя клюёт, у тебя клюёт! – закричал в этот момент Гулобшо.

Я перевёл взгляд на поплавок – его не было видно. Дёрнул удочку и почувствовал приятную тягу. Подняв её над собой, я увидел отчаянно трепыхавшуюся на крючке серебристую плотву чуть больше ладони. О, этот триумфальный миг рыбака! Это неописуемо! Наверное, я сильно дёрнул удочку, так как рыбка высоко взлетела, показалась на фоне синего неба, а затем шлёпнулась на траву у берега.

На том берегу мальчик и девочка от радости по-детски захлопали в ладоши, и в этот момент я решил перебросить улов им.

– Гулобшо, сможешь перекинуть эту рыбку на тот берег? – спросил я друга.

– Попробую, – без лишних слов ответил он. Потом обвалял её в речном песке, чтобы не соскользнула, и лихо забросил на противоположный берег. Рыба шлёпнулась недалеко от девочки, но первым к ней подбежал мальчик.

– Спасибо, – прокричал он, взяв добычу в руки, хотя не было никакой надобности кричать, мы очень хорошо слышали друг друга.

Кругом была полная тишина, иногда нарушавшаяся плеском речной воды о берег.

– Тав ном чай (Как тебя зовут – *пам.*)? – спросил я мальчика (на том берегу люди говорят на том же диалекте, что и в нашем кишлаке).

– Меня зовут Абдул Ризо, а мою сестру – Садбарг, – добавил он.

Пока мы общались со словоохотливым пареньком, Садбарг в одиночку продолжала поочередно наполнять водой то правый, то левый бидон. Ослик спокойно щипал травку, а Абдул Ризо, во время разговора с нами, наполнил свое деревянное ведерко водой и положил туда рыбку.

За это время и Гулобшо выловил небольшого толстолобика.

– Лови и эту рыбку, – недолго раздумывая, крикнул Гулобшо, и, так же как и первую плотву, перекинул рыбёшку на тот берег. Мальчик с радостью положил и её в ведерко. Садбарг с улыбкой наблюдала всю эту возню. Наполнив бидоны водой, она присела у берега и стала дальше наблюдать за нами.

– А теперь всё что выловим, это для Садбарг! Хорошо, Абдул Ризо? – весело предупредил Гулобшо мальчика.

– Хорошо, – согласился он.

Чувствовалось, что сестру он любит. Присев у ведёрка, он разглядывал своих рыбёшек. Мы с Гулобшо забросили свои удочки и стали ждать.

Девочка сидела на берегу, обхватив руками коленки и соединив вместе босые ноги. Это отчетливо напомнило мне картину Васнецова «Алёнушка». Она и была похожа на ту самую Алёнушку со своими русыми волосами. Рыбка не ловилась.

– А правда, что у вас и мальчики, и девочки учатся вместе? – впервые за всё время встречи заговорила Садбарг.

– Да, это правда, – подтвердил я, насаживая наживку из сухого тутовника на крючок.

– А правда, что вы, шурави (советские – *язык дари*), не читаете молитвы-намазы и не верите в Бога? – задала следующий вопрос любопытная девочка.

– Нет, это неправда, – поправил я её. – Мы читаем намазы и верим в Бога. Алхамдулилла, мы – мусульмане.

– А почему вы красите свои дома в белый цвет? – не унималась Садбарг.

Я не знал, что и ответить на этот вопрос. На самом деле, в их кишлаке не было видно ни одного побеленного дома, а в нашем сплошь все дома были побелены.

Ещё много чего она спросила, пока Гулобшо наловил пару других рыбёшек. Девочка была смышленая. Она похвасталась, что знает несколько русских слов, и отчетливо их произнесла.

Мне попались ещё две рыбки. Естественно, весь улов мы отдали детям. Садбарг встала первой и, отряхнув своё коротенькое платьице, подошла к бидонам с водой и слегка поправила их.

— Худа хафиз, — попрощались они с нами и погнали своего серого ослика в сторону кишлака.

Мы с другом ещё порыбачили. Погода стояла прекрасная. Солнце находилось в зените. Было жарко, но у берега веяло прохладой.

Наши рыбалки вошли в привычку. Гулобшо чуть ли не каждое утро приходил ко мне с баночкой «пахсак» — это букашки такие, которые водятся в прозрачной ледяной воде под камнями, и на которые очень хорошо ловится рыба. Мой друг собирал их спозаранку в речке у своего дома.

Абдул Ризо и Садбарг тоже стали часто приходить к берегу за водой со своим симпатичным осликом, и это продолжалось почти месяц. Мы сдружились с детьми. Мы их всегда ждали.

В один из поздних августовских дней мы с Гулобшо сидели на берегу реки и, как обычно, рыбачили. На афганской стороне мы заметили небольшой караван, состоявший из одной лошади и нескольких ишаков с небогатой поклажей. В тот же вечер караван прошел по той же горной тропинке обратно. Садбарг и Абдул Ризо в этот день за водой не пришли. Не было их и в последующие три дня. Мы с Гулобшо продолжали рыбалку, но уже чего-то не хватало — не было прежнего веселья. Что-то разрушилось в установившемся кишлачном порядке.

То ли оттого, что не было Садбарг с Абдул Ризо, то ли оттого, что скоро заканчивался отпуск и мне нужно было возвращаться в шумный город, настроение было не очень весёлое.

Несколько дней спустя появился Абдул Ризо. Не стоит описывать ту радость, которую мы испытали с Гулобшо, увидев его. Мальчик невесело плёлся один за осликом, с теми же бидонами. Мы всё надеялись, что из-за его спины выскочит весёлая Садбарг, но её не было.

— Саломолек, — буркнул без особой радости Абдул Ризо.

Мы поздоровались.

— А где сестра? — осторожно спросил Гулобшо.

— Её выдали замуж, — грустно ответил он после недолгого молчания.

— Как?.. Ей же всего?.. — повис в воздухе наш недоуменный вопрос.

— Приехал какой-то наш родственник из города Султан-Ишкашима и забрал её к себе, — чуть не плача произнёс Абдул Ризо.

Потом он надолго замолчал. На его правом запястье я заметил то ли медный, то ли латунный браслет, который он нежно поглаживал.

Мы с Гулобшо невесело переглянулись. Мой друг медленно встал и молча перебросил всю попавшуюся в тот день рыбу на тот берег, но Абдул Ризо даже не обратил на неё внимания.

— Ладно, не грусти, она ведь приедет к тебе в гости, правда? — попытался успокоить мальчика Гулобшо. Паренёк молча наполнил бидоны водой и, махнув в нашу сторону рукой, направился со своим осликом в сторону кишлака, как будто попавшего на левый берег Пянджа из средневековья и до сих пор сохранившего свои средневековые устои. Впрочем, оно так и есть.

Мы собрали удочки и тоже направились в

свой кишлак с побеленными домами. Из селения шел запах жареного лука: кто-то готовил ужин. В первом же доме, точнее во дворе дома, в тени грушевых деревьев мы увидели девочек, наверное, ровесниц Садбарг, весело и беззаботно прыгающих через параллельно натянутые резинки (не знаю, как называется эта игра). Глядя на них, я вспомнил Садбарг и подумал, как странно всё бывает в жизни. И как удивительно судьба распорядилась с одним и тем же народом, проведя границу по реке, разделив их на два государства. Находясь на этом стыке, невольно задумываешься о тайнах пространства и времени...

Вот так закончился один из моих отпусков в далёком памирском кишлаке.

Эпилог

Гораздо позже этих событий один из моих памирских друзей рассказал историю о русском парне, якобы попавшем в плен во время афганской войны ещё в советские времена, а позже принявшем Ислам и оставшемся жить в Афганистане. Ходили слухи, что проживал он в одном из прибрежных кишлаков. И мне подумалось, а не могла ли Садбарг быть его дочерью? Ведь у неё были совершенно русые волосы, и она хвасталась знанием нескольких русских слов, которые произносила безупречно. Впрочем, это уже мои догадки.

30 мая 2009 года

Запах «Кензо»

В ноябре неожиданно пошёл снег. Окрестности Рушана полностью покрылись белым ковром. Мне, тогда ещё студенту, нужно было ехать в Душанбе. Я каждый день отправлялся в Хорог в надежде, что будет самолёт, но каждый раз мне говорили, что самолёта сегодня нет: нелётная погода. Отчаявшись, я в конце концов направился к хорогскому автовокзалу, но там машин уже не было. Я тихо побрёл в сторону базара, где прямо у главного входа стояло несколько пустых частных РАФиков и водители зазывали к себе пассажиров.

— Сегодня закрывается перевал, давайте быстрее. Если до конца дня не уедете, застрянете надолго, — уговаривали водители.

Отчасти они были правы. Обычно в ноябре перевал закрывается.

— Когда отправляешься? — спросил я немолодого уже водителя.

— Наберём ещё двух пассажиров и поедем, — ответил он. — Давай, садись.

Я сел на заднее сиденье, где было ещё два свободных места. Окна РАФика запотели от дыхания пассажиров. Я протёр боковое стекло и стал наблюдать за базаром. Прямо у крыльца сидела старенькая киргизка, то ли из Мургаба, то ли из Оша, и торговала зимними зеленошкурыми дынями. Чуть левее от неё, за столом, сидела женщина средних лет в зелёном халате и памирских джурабах. На столе у неё лежали «сникерсы», «марсы», жвачки и ящики с минеральной водой «Памир». Какая-то девушка, не по сезону легко одетая, явно похожая на студентку, торговалась с ней. О чём они говорили, не было слышно.

Торговка что-то тараторила, указывая рукой в нашу сторону, точнее, на нашу машину. Несколько минут спустя эта девушка подошла к водителю и спросила:

— Вы едете в Душанбе?

— Да, яхбиц (сестрёнка – *пам.*), одно место осталось. Давай садись и сразу поедем, – обрадовался водитель.

— Саломолек (здравствуйте – *пам.*), – поздоровалась она с пассажирами и села на свободное рядом со мной место.

— Давайте собирайте деньги. Заправимся бензином и поедем, – спешил водитель.

Нас, пассажиров, оказалось всего семь человек. Остальное место в машине занимали большие белые мешки, набитые сухим тутовником, картошкой и яблоками.

Рядом с нами, сзади, сидели два молодых парня. Один из них был высокий и здоровый, с красным лицом, в черной спортивной шапочке. Другой – чуть поменьше, в зелёной камуфлированной куртке, явно купленной у какого-нибудь пограничника. На переднем сиденье, прямо у мешков, расположилась бабулька, ехавшая в Душанбе к дочери. И ещё двое мужчин, скорее пожилых, чем молодых, сидели прямо перед нами.

Было очень холодно, поэтому мы быстренько собрали деньги и передали их водителю. Он тронулся с места со словами:

—Бисмиллоху рахмону рахим (Именем Аллаха, Милостивого и Милосерднейшего – *араб.*)! Хоть бы перевал не закрылся…

Через некоторое время мы доехали до висячего моста, переброшенного через шумную речку в

сторону хорогской больницы. У моста стоял бензовоз. Там мы и заправились.

— А, шофир, ту мошин печка кор на кихто (Эй, шофер! А печка в твоей машине не работает что ли – *шугн.*)? – забеспокоилась бабулька.

— Э, мумик, шич гирса, мотор гал каш нист (Бабуля, сейчас, подожди, мотор ещё не разогрелся – *шугн.*), – ответил водитель, не оборачиваясь.

Как всегда, когда пассажиры ещё не перезнакомились, все ехали молча.

Панорама за окном была величественная. Мы ехали вдоль реки Пяндж, и высоченные горы на афганской стороне были густо покрыты снегом. Погода была пасмурной, и вершины гор утопали в тёмных облаках. По пути нам встречались редкие встречные машины, возвращающиеся из Душанбе. Наш водитель с интересом справлялся у них:

— А вирод, перевал гал это (Эй, брат, перевал ещё открыт – *шугн.*)?

— Биёр, гал эт вуд, нур нафамум (Вчера ещё был открыт, сегодня – не знаем – *шугн.*), – отвечали встречные водители.

Так мы ехали долго. Пожилые мужики и бабулька разговорились. Она сокрушалась, как всё стало дорого и в Душанбе, и в Хороге. Что она вынуждена везти дочери картошку и тутовник, чтоб хоть как-то помочь. Мужики соглашались и тоже рассказывали свои истории о сыновьях, работающих в России, о ментах и скинхедах (будь они неладны), мучающих таджиков и отбирающих у них последние копейки.

Лишь девушка, сидевшая рядом со мной, ехала молча. Она изредка улыбалась шуткам бабульки и стариков, но в разговор не вмешивалась. Когда мы проехали ванджский мост, она достала небольшую книжечку и начала читать. Я взглянул на обложку и увидел: «Алхимик», Паоло Коэльо. Я знал эту книгу почти наизусть.

Честно говоря, я удивился: в наше время очень мало читают. Да ещё тут, среди диких гор и экономической разрухи, когда люди думают лишь о хлебе насущном, рядом со мной, в затерянной среди снегов машине сидит девушка и читает самого модного в те времена бразильского писателя Паоло Коэльо. Парни, сидевшие рядом снами, начали грубо над ней подшучивать.

— Ты что, девушка муалима или профессор? — то ли шутил, то ли издевался парень с красным лицом.

— Нет, она академик, — поддерживал его другой, в военной куртке.

Девушка отвечала им лишь взглядом, в котором читалось: «Пожалуйста, отстаньте от меня». Парни ненадолго умолкали, затем опять начинали придираться. Меня это стало раздражать. Я тоже несколько раз неодобрительно взглянул в их сторону. (А может, я тогда уже начинал ревновать?).

Девушка это заметила и глазами, молча выразила мне благодарность, слегка улыбнувшись. И тут я впервые обратил внимание на её лицо и глаза, которые оказались просто восхитительные — большие, голубые и очень выразительные. Лицо у неё было славянского типа, что очень часто встречается на Памире, но с тонкими восточными линиями. Макияж она не носила. Я заметил лишь тушь на ресницах и слегка подкрашенные, чувственные губы. А волосы были совершенно русые, даже, можно сказать, рыжеватые, и её большие золотистые серёжки почти сливались с их цветом.

Уже вечерело, когда мы доехали до КалаиХумба.

— Быстренько поужинайте и поедем дальше. Надо спешить, перевал закроется, – торопил нас водитель.

Мы открыли дверцу, и в лицо нам ударил холодный ветер Дарваза. Из машины вышли бабулька со стариками и эти двое парней.

— А ты что, свою книжку будешь есть? – грубо пошутил парень с красным лицом.

Девушка ничего не ответила.

— Тебе что-нибудь принести? – осторожно спросил я ее.

— Нет, спасибо, ничего не надо, – спокойно ответила она.

Я тоже вышел на улицу. На всю округу горела лишь одна лампочка возле столовой. Повар, дарвазец, сказал, что остался только плов без мяса и шурпа.

Я заказал плов, лепёшки и горячий чай и присел к старикам с бабулькой, которые взяли себе шурпу, накрошили туда лепёшек и стали торопливо есть. Парни присели за соседний стол и тоже заказали шурпу, чакку (кислое, процеженное молоко) и лепёшек.

— Водка надори, бародар (Брат, водки нет – *тадж.*)? – громко спросил краснолицый.

Повар тут же принёс фарфоровый чайник с водкой и поставил его перед ними. Они налили себе по полной пиалке и, чокнувшись, вдвоём выпили. При этом высокий парень, взглянув в нашу сторону и приподняв пиалку, произнёс:

— За перевал! Пусть он всегда будет открытым.

Пожелания у них, конечно, были благие, но поведение было отвратительным.

Я подошёл к буфетчику и спросил, есть ли у него «Кока-Кола» в маленьких стеклянных бутылочках. Оказалось, есть. Я купил одну, вылил ее в пустую косушку и попросил его налить в бутылочку кипятка. Глядя на меня с удивлением, он выполнил мою просьбу. Я закупорил бутылочку той же пробкой, положил её в карман куртки и направился в сторону машины.

Девушка спала, прислонившись к спинке переднего сидения. Я не стал её будить. Пройти к своему месту я не мог, поэтому присел туда, где сидел краснолицый парень. От скрипа сиденья девушка проснулась и, извиняясь, дала мне пройти.

– Попей хотя бы кипяток, пока не остыл, – предложил я ей бутылочку.

– Спасибо, – спокойно ответила она и, удивлённо глядя мне прямо в глаза, медленно взяла ее в руки.

«Какие у неё наивно красивые глаза... Бывают же такие девушки», – подумал я.

– У меня есть «Сникерс», хочешь? – предложила она. – На базаре купила перед отъездом.

– Спасибо, ешь сама, я уже поел.

Она маленькими кусочками откусывала «Сникерс» и запивала кипятком.

– Книгу свою уже прочитала? – поинтересовался я.

– Нет, только до половины дошла. Что-то в сон клонит, да и темно уже стало.

– Хочешь, расскажу, что будет дальше с пастухом, с Сантьяго? Найдёт ли он клад? И про Мельхиседека расскажу и о том, встретит ли Сантьяго снова Фатиму.

– А ты что, уже читал эту книгу? – заинтересовалась она.

— Да, даже несколько раз, — ответил я.

В это время открылась дверца машины. Зашли старички и бабулька. Молодых парней всё ещё не было. Затем подошёл водитель, сель за руль и начал сигналить, чтобы парни побыстрее бежали в машину. Через некоторое время они подошли. Краснолицый был совершенно пьян, но еще держался на ногах.

— Поехали, — заорал он, открывая дверцу.

Девушка невольно прижалась ко мне и с испугом посмотрела в глаза.

— Зафар, да держись ты на ногах, — просил друга парень в камуфляжной куртке (ага, краснолицего, значит, зовут Зафар).

— Аз Бадахшонуме, ороми чонуме, — начал орать песню Зафар.

Я догадался, что дальнейшая наша поездка будет не совсем спокойной.

Я предложил девушке поменяться местами, чтоб оказаться между ней и Зафаром, и она с удовольствием согласилась. Парни сели на свои места, но Зафар никак не хотел успокаиваться, продолжал орать песни и размахивать руками. Мои догадки оправдались — он нагло стал приставать к девушке. Старики старались успокоить его, но он был совершенно пьян. А что возьмёшь с пьяного, кроме анализов?

— Да проститутка она, все они проститутки, эти студентки, — начал кричать он.

Потихоньку и моему терпению приходил конец. Я несколько раз пытался остановить его протянутые к девушке руки. Он с удивлением смотрел на меня широко открытыми глазами, как будто видел меня впервые. Руки его были тяжелы, как и он сам, но он, как и все пьяные, был совершенно неуклюж. Неожиданно он ударил девушку, и я не успел остановить его руку. Удар пришёлся в правое плечо, ближе к груди. Она тихо заплакала. Старики стали корить и успокаивать его.

— Останови машину, пожалуйста, — попросил я шофера. — Выйдем, парень, на улицу.

— Ты чё меня пугаешь? Щас и тебя размажу по машине, — не унимался он.

— Пошли, на улице покажешь, как ты умеешь размазывать.

— Пошли, смельчак. Ты меня даже рассмешил, друг, — уверенно добавил он и стал казаться вроде бы трезвым.

Бабулька пыталась остановить нас. А старики с одобрением смотрели на меня, как бы поддерживая и взглядами говоря: «Иди, поговори с ним».

Мы вышли из машины. Снаружи было холодно, шёл мелкий снег. Было темно, и я не знал точно, где мы находились, но кажется — на одном из серпантинов, недалеко от Калаи Хумбского пограничного поста.

Мы отошли в сторону, и тут я понял, что по весовым категориям мы с ним совершенно разные. Он был огромен как медведь. Я, кажется, даже чуть пожалел, что ввязался в это дело.

— Слушай, у тебя сестры есть, мать есть? — начал я разговор на мирной ноте. — Как бы ты себя чувствовал, если бы и к ним относились так же, как относишься к этой девушке ты?

— Ты что, будешь меня учить жизни, салабон? — сверкая глазами, сказал он и толкнул меня в грудь.

Парень явно знал, что он сильнее. Так ведут себя только уверенные в своем превосходстве люди. Я чуть не упал на снег. Вдобавок он ногой

очень больно ударил меня под колено и, противно ухмыляясь, добавил:

— Сам напросился, защитничек, сидел бы и помалкивал...

Дорогой мой читатель, здесь мне необходимо сделать небольшое отступление.

Прямо перед развалом СССР меня призвали в армию и я попал на службу в элитный авиационный полк в Украине. Я был механиком самолёта. Как-то перед Днём Победы в нашем полку решили организовать чемпионат по боксу. Профессиональных боксеров у нас не было, и все выступающие являлись совершенными дилетантами в боксе, впрочем, как и я. Однажды мой командир, капитан Нефедов, увидел на дверце моей тумбочки фотографию Майка Тайсона, которую, честно говоря, не знаю, кто и приклеил.

— Увлекаешься боксом? — поинтересовался он.

— Никак нет, товарищ капитан. Никогда боксом не занимался, — отчеканил я.

— Ты ведь из Памира — горец, а горцы народ крепкий. Давай, поддержи честь роты и поучаствуй в соревнованиях.

— Да, я из Памира, товарищ капитан, но я никогда и перчаток-то не надевал, — сопротивлялся я.

— Ничего, у нас есть хороший спортивный инструктор, он тебя быстренько подготовит, — уговаривал он меня. — Я тебя освобождаю от технических занятий. Иди к старшему лейтенанту Богданову. Это приказ, — сурово закончил он.

Я отправился к старшему лейтенанту Богданову и всё ему объяснил.

— Идем в спортзал, — без промедления скомандовал он.

И тогда я впервые надел боксёрские перчатки и сделал свой первый удар по «груше».

– Так… Силёнки у тебя, парень, есть, только нужно их направить по нужному вектору, – подбадривал он меня.

– Ты левша или правша? – поинтересовался он перед занятиями.

– Не знаю.

– Сейчас проверим. Ударь сначала правой, а потом левой по груше. – Я исполнил.

– Так, повтори ещё разочек. – Я ударил ещё раз.

– Ты, парень, левша, оказывается. И это тоже нам на руку, – обрадовался он. – Завтра начинаем тренироваться.

Это был конец февраля. До Дня Победы оставалось три месяца, и я каждый день стал ходить на тренировки, где старший лейтенант Богданов ставил мне удары

– Парвиз, тебе достаточно выучить два удара – хук слева, потому что ты левша, и апперкот (удар снизу) правой рукой, и ещё один защитный блок, больше ничего. Но всё это нужно отработать до автоматизма.

Так начались изнурительные тренировки.

Ко Дню Победы я сбросил три килограмма и перешёл в категорию среднего веса, где моим конкурентом был Вася Горелов – крепкий парень из седьмой роты.

Пропущу и то, что в день соревнований наша рота набрала максимум очков и мы оказались победителями. Но на этом моя одиссея не закончилась. Я стал отстаивать честь не только нашей части и нашего полка, но и округа, поучаствовав во многих соревнованиях. Старший лейтенант

Богданов больше меня не тренировал, и я, кроме хука слева и апперкота, больше ничего на ринге и не умел делать. Но зато и хук, и апперкот у меня были отработаны почти до совершенства.

И в ту зимнюю ночь на перевале, когда Зафар нагло толкнул меня в грудь и больно лягнул под колено, я послал тысячи благодарений старшему лейтенанту Богданову за его бескорыстные уроки бокса.

Зафар, подняв свой огромный кулак, приготовился к ещё одному удару. Я успел выставить блок и молниеносно совершил хук слева и апперкот снизу правой рукой. Огромный Зафар аж подпрыгнул на месте и повалился на снег как мешок с дерьмом. Некоторое время он молчал (возможно, был в нокауте), потом начал стонать, чему я, честно говоря, очень обрадовался. Я присел к нему и спросил:

— Так всё-таки у тебя есть сестры или мать?

Он не мог говорить, а лишь мычал. Я взял пригоршню снега и протёр ему лицо. Он начал приходить в чувства. Через минуту он с трудом встал на ноги и молча направился в сторону машины.

Я тоже протёр себе лицо снегом и последовал за ним. Оказавшись в машине, я увидел его уже сидящим возле своего друга. Я прошёл на своё место и расположился рядом с девушкой.

Потихоньку, что-то бормоча себе под нос, Зафар заснул. Не стоит описывать, что все пассажиры несказанно обрадовались этому обстоятельству.

За окном была тёмная ночь, и я чувствовал некоторые угрызения совести, ударив пьяного человека. Но сожаления не было: по-другому он не понимал. Существуют такие очень примитивно мыслящие люди, которые воспринимают лишь язык силы. И Зафар, наверное, был одним из них. Был бы у него разум, я бы до него достучался. Но если вместо разума лишь сплошная агрессия... Нет, сожаления я не чувствовал.

После Калаи Хумба машина медленно начала подниматься к перевалу. Всем хотелось спать. Девушка тоже начала медленно клонить голову то влево, то вправо, но положить её на мое плечо она стеснялась.

– Прислонись ко мне и спокойно поспи, – ободрил я её.

Она, смущаясь, прислонилась и мгновенно заснула. Я почувствовал аромат её духов и безошибочно определил, что это был запах «Кензо». Я долго не мог заснуть, но в конце концов отключился. И проснулся от того, что почувствовал, как кто-то сжимает мои пальцы – это была ладонь девушки.

– Спасибо, – тихо прошептала она. В её глазах стояли слёзы.

– Да не за что. Не плачь, он тебя больше не тронет, давай спи.

В машине была полная тишина. Старики и бабулька мирно сопели, прислонившись к своим мешкам с картошкой и яблоками. Лишь водитель время от времени останавливался, протирал свое лицо снегом и продолжал путь. Так мы и ехали – то просыпаясь, то засыпая. Явь и сон перемешались. Мне снилось, что девушка, сидящая в машине – это Фатима из «Алхимика», которая едет к Сантьяго, а за рулём сидит сам Мельхиседек и часто повторяет: «Если ты сильно-сильно чего-нибудь захочешь, то сама Вселенная будет способствовать тебе в этом...».

Перевал оказался открытым. Мы даже и не заметили, как переехали через него, за Хабу Рабат. Наши паспорта находились у водителя, и все вопросы с постами он решал сам. На рассвете мы оказались в живописной Тавиль Даре и остановились у какой-то дорожной чайханы. Она была накрыта синей ООНовской палаткой, под которой был установлен задымленный самовар с уже закипавшей водой. Чай нам заварила девочка-подросток с зелёными глазами и принесла горяченьких лепёшек. Мы умылись и позавтракали. Никто не вспоминал о ночном инциденте, как будто его и не было. Зафар и его друг даже не смотрели в нашу сторону и молчали.

Девушка подошла к бабульке. Они о чём-то пошептались, затем вместе на короткое время исчезли.

Позавтракав, мы снова расселись по своим местам и поехали дальше. Когда мы приехали в Душанбе, машина остановилась возле Цирка. В городе шёл мелкий ноябрьский дождь. Мы вышли наружу. Старики и бабулька тепло со всеми попрощались и стали загружать свои мешки в поджидавшее их авто. В этот момент сзади ко мне подошёл Зафар и тихо спросил:

— Ты кто? Военный, что ли?

— Да, — коротко ответил я, прямо глядя ему в лицо. Хотелось добавить «бывший военный», но ничего не сказал.

— Извини, если что, — добавил он. Этого я от него не ожидал.

— Ладно, проехали, у девушки попроси извинения, — ответил я.

— Уже попросил, ещё в Тавиль-Даре.

Девушка стояла у остановки, явно ожидая

конца нашего разговора. Я подошёл к ней попрощаться.

– Как тебя хоть зовут? Двое суток ехали вместе, так и не назвалась.

– А ты и не спросил, – улыбнулась она, обнажая ровный ряд белых зубов. – А тебя самого, случайно, не Робин Гудом зовут? – заулыбалась она снова.

– Меня зовут Парвиз, – коротко ответил я.

– А я – Амина. Послезавтра улетаю в Москву, я там учусь.

– Ну, счастливого пути, – добавил я.

Но мы не спешили расставаться, ожидая чего-то важного, может быть, самого главного в жизни... Тут подъехала полупустая маршрутка, и все стоявшие на остановке затолкались в нее. Мы остались вдвоем – я и Амина, больше никого.

– Это была моя маршрутка, номер один, – грустно сказала она и почему-то заплакала. Потом еле заметно прислонила голову мне на плечо и со слезами в голосе тихо прошептала:

– Я замужем.

Я молча погладил её рыжеватые волосы, которые уже промокли от мелко моросящего дождя. От неё пахло духами «Кензо».

Мы стояли на опустевшей остановке и безмолвно смотрели друг другу в глаза. Слёзы ручьём катились из её глаз, и чёрные дорожки туши текли по щекам, и, перепрыгивая через её красивые губы, бежали по нежному подбородку, а оттуда капали ей на грудь. Она не могла их остановить.

Подъехала следующая маршрутка, и она грустно произнесла: «До свидания», затем резко направилась к машине и села на переднее сиденье. Автомобиль резво отъехал, унося Амину в

неизвестность. Я успел заметить номер – это была не её маршрутка.

Иногда меня спрашивают: «Какие у тебя самые любимые духи?». И я неизменно отвечаю: «Кензо», – хотя раньше я был к ним совершенно равнодушен.

Это всё, что осталось со мной от Амины... Запах «Кензо»...

16 апреля 2010 года

Э то было летом на Памире. В ясный солнечный полдень я сидел под тенью ив на окраине кишлака. Днём в селении обычно наступает такая тишина, что слышно шелест каждой травинки. Кругом зелёное море трав и лишь птички поют, и всем телом чувствуешь тепло летнего дня. Блаженство... Люблю в такие моменты лежать на траве и глядеть на памирское голубое небо.

Я услышал, как где-то неподалёку остановилась машина, затем открылась и захлопнулась дверца. Я продолжал лежать, не обращая внимания.

– Куллуг, вирод (Спасибо, брат – *пам.*)!

– Будь здоров!

Голос мне показался очень знакомым. Я приподнялся и посмотрел в сторону дороги: фиолетовый «Опель» поехал дальше, а по тропинке в сторону кишлака поднимался Фарход – мой сосед и друг.

– Привет, Фарход, откуда это ты?

– Из Хорога, ездил на базар.

С Фарходом мы знакомы давно, чуть ли не с детства. За черные кучерявые волосы все его называли «Рембо». Да и ростом он был как великан, но до ужаса добродушный. И как все добродушные люди, он очень любил сладкое. На базаре Фарход всегда останавливался возле конфет и покупал себе что-нибудь к чаю. Но больше всего он обожал белый зефир.

Мне с ним всегда очень интересно общаться. Знаете, почему? Такого искреннего человека я почти никогда не встречал. Немного наивный, добрый и очень весёлый парень. Поверьте, беседовать с такими людьми – одно удовольствие. Он тоже часто заходил ко мне просто так, как это бывает обычно в кишлаке, поговорить ни о чём и обо всём. И в этот раз он спокойно присел рядом, сорвал зелёный стебель травы и молча начал его грызть. Возле меня лежал цветной журнал «Индия» (я привёз его, чтобы почитать во время отпуска, который я почти всегда провожу на Памире), и на раскрытой странице была фотография индийской киноактрисы Рани Мукерджи. Фарход взял журнал в руки и тихо произнёс:

– Как она похожа на Тахмину!

– На кого?

– На Тахмину, – наивно ответил он.

– На сестру Шакарбека, что ли? – спросил я, вспомнив единственную Тахмину в нашем кишлаке.

– Да нет. Ту Тахмину я встретил года три назад в Душанбе, на остановке у «Гулистона». Я вопросительно и с легкой улыбкой посмотрел на него. Зная его характер, я был уверен, что, как обычно, он расскажет мне всё. Он сорвал еще один стебель травы, внимательно поглядел на него, будто его история была записана именно на нём. Я молчал. И он начал:

– Это было в конце декабря, когда весь город бегает по магазинам в поисках новогодних покупок. В «Гулистоне» я купил килограмм белого зефира и пошел к остановке. Как известно, зимой очень быстро темнеет, и все стараются побыстрее попасть домой. Рядом со мной стояло несколько женщин и одна молодая девушка. Стемнело. Свободных автобусов и маршруток, как всегда в часы пик, не было видно. Полные «Тангемки» проле-

тали мимо, не останавливаясь. Отчаявшись, несколько женщин отправились пешком в сторону «Молодежки» в надежде словить хоть что-нибудь там. Остались лишь мы с девушкой да старая бабушка. Через четверть часа подъехало «двухрублёвое» такси, которое мы, естественно, уступили бабушке. Уже стало совсем темно. Было явно видно, что девушка побаивается меня. Она отошла подальше в сторону и начала названивать кому-то по «мобилке».

— Виц, узум гал тар остановка (Тётя, я ещё на остановке – *пам.*), – услышал я памирскую речь. Честно говоря, у меня сразу промелькнула эта догадка, когда я увидел её впервые, но все же я сомневался, что она из Памира. У неё было красивое овальное лицо с черными глазами. На голове – вязаная белая шапочка, из-под которой виднелись мягкие тёмные волосы, местами мелированные. И я тогда подумал: «Такие красивые волосы, а она испортила их своим дурацким мелированием».

— Фарход, кстати, мне тоже не нравятся мелированные волосы, – вставил я свою реплику. – Складывается такое впечатление, как будто на красивую полянку тюльпанов вылили ведро жёлтой краски. Как по мне, так естественные волосы волнуют воображение больше, чем мелированные.

— Да, согласен, Джура.

— Ну, и что было дальше?

— Когда я услышал её памирскую речь, то решил, что не уйду, пока не уедет она. Что-то взыграло во мне, наверное, памирские гены или чувство национального родства.

— Ях, тут тар ка равон (Сестра, тебе в какую сторону ехать – *пам.*)? – спросил я её по-памирски, главным образом, чтоб успокоить.

– Пи «Гипрозем», – тихо, но всё ещё с недоверием ответила она, продолжая стоять в сторонке, подальше от меня.

Я молчал. Уже было совсем темно. Людей вокруг почти не было видно, к тому же стало холодать: всё-таки декабрь.

Подъехал огромный черный «Лексус» с затемнёнными стёклами, и из него вывалилась девушка, совершенно пьяная, в мини-юбке, и двое парней.

– Купите ещё шампанского, – писклявым голосом прокричала она.

Парни побежали в сторону магазина.

Увидев их, девушка-памирка приблизилась ко мне, возможно, в сердце признав во мне её единственного на тот момент защитника.

– Не бойся, – тихо произнёс я.

– Я ужасно боюсь пьяных, – с дрожью в голосе произнесла она и сделала еще пару шагов в мою сторону. С такого расстояния я увидел, что она была совсем ещё юная. От силы ей можно было дать лет двадцать. Возможно, от волнения на ее верхней губе выступила испарина. Оказалось, что у неё были длинные, темные шёлковые волосы, которых прежде не было видно из-за капюшона пальто.

Из кабины «Лексуса» раздавался женский визг и писк. Видимо, пьяная девушка была не одна. Тут из магазина выбежали парни, неся в руках не только шампанское, но и водку с коньяком, а также пару пакетов. Они быстро запрыгнули в машину и исчезли в темноте душанбинской ночи.

– Слава Богу, – с облегчением вздохнула девушка, больше меня не опасаясь. Она посмотрела мне в глаза с такой ясной и полудетской улыбкой, будто мы были знакомы лет сто.

— Фарход, это правда! Достаточно заглянуть в твои честные и наивные глаза, чтобы понять, что ты и муху не обидишь. — Он на это ничего не ответил.

— Ну и что потом?

— Ну, я пока стоял на остановке, чуть-чуть проголодался и, вытащив из пакета зефир, предложил его девушке. Она так громко расхохоталась, что мне показалось, весь ночной Душанбе услышал её смех. Она не могла успокоиться еще минут пять.

— Слушай, Джура, а это действительно смешно — предложить девушке зефир? — как всегда честно и наивно спросил меня Фарход.

— Ну, не знаю, может у тебя вид в этот момент был смешной.

— Хм… Я просто был смущён её красотой. Мы разговорились, как старые знакомые, да и новогодняя обстановка способствовала праздничному настроению. За это время несколько раз звонил её телефон, и она всячески пыталась успокоить своих домашних, чтобы они не тревожились. Потом подъехало такси и остановилось неподалеку. На переднем сиденье был пассажир.

— «Гипрозем» ки меравад (Кто поедет в сторону «Гипрозема» – тадж.)? – спросил молодой таксист. И тут до меня дошло, что моя ночная сказка вот-вот завершится. Тахмина быстро подбежала к такси и что-то спросила – я не разобрал слов. Немного поколебавшись, она передумала садиться в машину, чему я был неимоверно рад.

— От них пахнет спиртным, — раздражённо произнесла она.

— Слушай, в следующее такси мы сядем

вместе, и я тебя отвезу до твоего дома, хорошо? – попытался успокоить я её.

– Мой дом на «Водонасоске», а в «Гипрозем» я еду в гости, – ответила она.

Мы ещё немного постояли, перетаптываясь с ноги на ногу. Стало совсем холодно, улицы опустели. Мне казалось, что во всём городе остались лишь мы вдвоем – я и Тахмина, больше никого. Казалось, что наши голоса раздаются эхом во всём Душанбе, и я чувствовал, что безумно влюблён в эту случайно встретившуюся мне в ночном городе девушку. Я хотел поделиться с ней этими мыслями, но что-то меня сдерживало. Я не знаю что.

– А я знаю, Фарход, что тебя сдерживало, – остановил я его, глядя на голубое, без единого облачка, памирское небо.

– Что? – как всегда, он с наивным удивлением уставился на меня.

– Не знаю, поймёшь ли, всё-таки ты гораздо моложе, но я попытаюсь тебе объяснить. Тебя останавливали ложные человеческие правила и рамки приличия, навязанные обществом. Ты боялся казаться смешным или неправильно понятым. И ты не один такой. Так ведет себя большинство людей. Они стесняются открыто и искренне произнести: «Я тебя люблю!». С моей точки зрения, именно этих слов никогда не надо стыдиться. Они самые важные ..., – начал я философствовать. Тут я посмотрел на Фархода: он внимательно слушал меня, но мыслями, кажется, был на той ночной остановке у «Гулистона».

– Ну и чем же закончилась ваша история?

– На следующем такси подъехал совсем молодой парень, почти мальчик, внушавший нам доверие, и я довёз её до «Гипрозема», но, не доезжая

квартал, она попросила остановиться, сказав, что дальше пойдёт пешком. Благо на её улице горели фонари.

Пока ехали, её телефон зазвонил опять, и она долго разговаривала то ли с мамой, то ли с тётей, точно не помню. Я был совершенно растерян, я был как во сне. Я чувствовал, что впервые так сильно влюблён, даже простил ей мелированные волосы. От неё пахло девичьим теплом, от неё веяло юной нежностью. Когда она перестала говорить и положила ладонь с телефоном на сиденье, я нежно тронул её белые пальцы. Она не отдёрнула руку, а лишь смущённо наклонила голову, ожидая чего-то...

Я колебался... Тут она попросила остановить такси и начала копаться в кошельке.

— Оставь, — тихо произнёс я.

Она чуть помешкала, снова заглянула мне в глаза, а затем с улыбкой произнесла:

— Спасибо за зефир, — и резко вышла из машины.

Я глядел ей вслед. Она, не оборачиваясь, побежала по тротуару. Когда она скрылась из виду, я посмотрел на водителя и сказал:

— Поехали к «Саховату».

Таксист молча повернул. По дороге он обернулся ко мне и с ухмылкой произнёс:

— Ака, и духтарак, албат будущий янгамай (Брат, эта девушка, наверное, твоя будущая невеста – *тадж.*).

Я молчал и думал о Тахмине. Не помню, как мы подъехали к «Саховату».

— Ака, расидем (Брат, приехали – *тадж.*), — услышал я голос таксиста, как бы из тумана.

— Поворачивай обратно, поехали снова туда

же! Быстрее!

– Ака, чи девона шидай (Брат, ты что, сумасшедший? – *тадж.*)?

– Поехали, быстрее.

– Поехали, значит, поехали.

Я был без ума, я хотел снова её видеть, я хотел признаться, что очень люблю её.

Мы быстро доехали до того места, я выскочил из машины и остановился как вкопанный. А куда мне идти? В какой подъезд? Я понял всю безумность своего поступка...

Я вернулся назад в машину.

– Ака, тинчиай (Всё в порядке – *тадж.*)? – с удивлением спросил меня парень-таксист.

– Поехали.

В ту ночь я не спал.

Позже я часто и бесцельно бродил по городу и всегда ловил себя на мысли, что ноги ведут меня к «Гипрозему». И у того дома, где она вышла, я часами простаивал в надежде повстречать её снова. Но так я её больше и не встретил...

Он поднял с травы журнал, внимательно посмотрел на фотографию индийской кинодивы и тихо произнёс:

– Нееет, Тахмина была гораздо красивее. Слушай, а правда, что ты пишешь всякие там рассказы?

– Да, иногда, – ответил я.

Я внимательно посмотрел на него и спросил:

– Если я правильно догадался, ты намекаешь, чтобы я описал твою историю?

– Да, я не против.

– Попробую. И знаешь, в конце рассказа обязательно напишу: «Тахмина, где ты?».

– Пиши, тебе я доверяю.

Мы ещё немного посидели. Он из кармана вытащил коробку «Сникерсов», угостил меня. Я не отказался, я тоже люблю сладкое.

По-прежнему ярко светило солнце. Было так же тепло, дул приятный ветерок. Верхушки трав колыхались, как поверхность моря. Фарход встал и, сказав: «Пока», зашагал в сторону верхнего кишлака. Я взял в руки журнал и ещё раз внимательно посмотрел на фотографию Рани Мукерджи. Да, действительно красива.

Разные мысли приходили мне в голову. Думалось, что, наверное, у каждого бывает такой шанс, который выпал Фарходу, но готовы ли мы признать его за намёк судьбы и поверить в свои чувства? Впрочем, случается то, что случается...

И в конце рассказа, как я и обещал Фарходу, напишу:

«Тахмина, где ты?».

27 августа 2010 года

И не забываются юные года

На свадьбе танцевали почти все. Музыка была столь зажигательной, что даже Боб Айдаршо (Боб, Буб – означает «дед») не мог усидеть на месте. Я расположился на манджа (топчан – *шугн.*) под яблоневым деревом, а рядом со мной, справа, сидел Парвиз, приехавший из Душанбе. Нам только что подали ещё дымящийся «кабоб» (жаркое из мелко нарезанного мяса). Парвиз рассказывал о себе, точнее о том времени, когда он ещё школьником жил в этом же кишлаке, вспоминал разные смешные истории. Внезапно раздался взрыв смеха, который был слышен даже сквозь громкую музыку, и все посмотрели на танцующих. Оказывается, люди начали хохотать, глядя, как по-молодецки выплясывает Боб Айдаршо.

В кругу юных девушек он выделывал такие выкрутасы, что ни один молодой парень, наверное, не смог бы станцевать так, как он. Заложив одну руку за голову, а другую за пояс, стоя на одной ноге, он подпрыгивал вокруг юной красавицы в зелёном платье с большими жёлтыми цветами. А остальные женщины, взяв их в круг, с хохотом им аплодировали.

– Баракалло Боб (Молодец, дед – *шугн.*)!

– Ку Боб двис машре, царанг ракс чидо даркор (Ну-ка, дед, покажи нам, как нужно танцевать – *шугн.*)!

– Ай, ту, Айдаршо гал кизгир (Ну, ты Айдаршо, ещё боевой – *шугн.*)! – раззадоривали деда все вокруг.

Я взглянул на Парвиза и удивился, что он не смеялся. Он пристально наблюдал за девушкой, которая танцевала с дедом.

– Что с тобой, Парвиз? – осторожно спросил я его.

– Да ничего, не обращай внимания, – грустно ответил он и отложил в сторону тарелку с кабобом, не отрывая взгляда от танцующих.

Музыкантам дали немного отдохнуть, и все, со смехом и шутками, расселись по своим местам. Та красивая девушка направилась к манджа, где невеста, одетая во всё красное, сидела со своими подругами. Парвиз не отрывал от нее взгляда, и их глаза несколько раз встретились.

– Ты, что, Парвиз, знаком с ней? – тихо спросил я его.

– Да, это Наргис, мы учились в одной школе. Она на три года младше меня. Почти пятнадцать лет не виделись. Надо же, она почти совсем не изменилась, – грустно произнёс он.

Я не стал его допрашивать, но по его интонации понял, что между ними что-то было.

После кабоба стали разносить ещё совсем горячий плов с нарезанными кусками мяса сверху, а также салат из помидоров, лука и укропа, но Парвиз даже не притронулся к еде. «Видимо, у него было что-то серьёзное с Наргис», – подумал я.

Музыканты заиграли снова, и опять стало весело. Но на Парвиза и музыка не подействовала. Он молча пил чай и думал о чём-то своём. Я не стал мешать ему. «Если захочет, сам расскажет, не захочет – это его личное дело», – решил я и стал слушать песню «Ай, духтари дехот», которую в этот момент исполняли музыканты. С новой силой разгорелись танцы, к которым присоединилась и Наргис. Надо признаться, двигалась она

очень красиво.

Пропущу описания свадьбы, потому что мой рассказ вообще-то о Парвизе.

С Парвизом я встретился несколько дней спустя на берегу речки, где он косил сено.

— Саломолек, какое это удовольствие — приехать летом в кишлак, — произнёс он с радостью в голосе.

— Ваалек, да, полностью с тобой согласен. Мне тоже нравится проводить здесь отпуск, — признался и я.

Мы разговорились, сидя на только что скошенной траве, от которой шёл сладкий цветочный запах. Он рассказывал, как работал в России, а потом через Фонд Ага Хана поступил в КЕПП и довольно хорошо выучил английский язык. Затем вернулся в Душанбе, где иногда получалось поработать переводчиком в различных международных организациях или с туристами. Позже он поступил на заочный факультет Института Искусств в Белгороде, в России, где он в своё время проработал несколько лет.

— Но где бы я ни был, меня всегда тянет на Памир, — гордо заключил он свой рассказ.

— Ну конечно, это ведь твой дом, тут твои родители, друзья и знакомые. Здесь каждый куст и каждая тропинка напоминают тебе о детстве, — сфилософствовал я.

— Да, и незабываемая первая любовь, — таинственно и тихо добавил он.

Я с улыбкой посмотрел ему в глаза и полушутя произнёс:

— Наверное, это была Наргис?

— Да, это она, — смущенно признался он и замолчал. — Это случилось во время празднования

Навруза. Мы тогда еще учились в школе. Я был в одиннадцатом классе, а она в восьмом. Но, несмотря на возраст, она была решительной и отчаянной девушкой. От неё можно было ожидать всего.

Однажды мы репетировали какой-то спектакль, где она играла Принцессу, а я был Принцем, и мы иногда засиживались в школе допоздна даже после репетиции. А, как известно, Навруз – это весна, и молодая кровь просто бушует. Я незаметно влюбился в свою партнёршу. По её глазам и иногда красневшим щекам я догадывался, что это взаимно. По ходу спектакля, в финальной его части, Принц и Принцесса должны были встретиться, обняться и поцеловаться, на что Наргис, конечно, никак не соглашалась (а я всё же тайно на это надеялся). Но наши учителя нашли выход. Они сказали, чтобы мы встали с разных сторон сцены и по знаку побежали с раскинутыми руками навстречу друг к другу, но в этот момент занавес должен был закрыться, и нам не нужно было ни обниматься, ни целоваться – всего лишь имитация.

Наступил день спектакля. Мы с волнением отыграли два акта, и вот подходит финальная часть. Мы с Наргис бежим навстречу друг другу. Четыре метра, три метра, два метра, один метр – а занавес не закрывается (как позже выяснилось, что-то там застряло). Мы столкнулись лицом к лицу, а занавес ещё открыт. Первой опомнилась Наргис. Она поколебалась и обняла меня за шею. Учитель, стоявший в углу сцены, побежал по ступенькам вниз, крича на ответственного за занавес, который вдруг начал закрываться сам по себе. Наргис посмотрела на меня снизу вверх, и я, увидев её красивые синие глаза невероятно

близко, не выдержал и нежно прикоснулся к её губам. Кажется, этого уже никто не заметил, кроме старой виц (тёти) Зарагуль, школьной уборщицы, которая каким-то образом оказалась за кулисами, да нескольких младшеклассников, стоявших там же. Занавес закрылся. В зале громко (как всегда бывает в школе) кричали и свистели. Мы с Наргис стояли посреди сцены и не знали, что делать. Она вся покраснела, и сквозь распущенные длинные волосы я заметил кончики её маленьких ушей, которые горели вишнёвым цветом. Это был наш первый поцелуй, и я до сих пор помню его вкус.

Занавес открылся. Всех участников позвали снова на сцену, и больше всех аплодировали мне с Наргис. Кстати, именно после этого спектакля у нас у обоих зародилась мысль поступить в Институт Искусств.

После Навруза наступают весенние школьные каникулы, и я провел их под впечатлением от того поцелуя. Наргис намеренно избегала меня. Одноклассники отпускали шуточки, и я тоже отшучивался в ответ, отвергая свою влюблённость. Хочу признаться, что в то время разница в возрасте в три года воспринималась мною как огромная пропасть (сейчас даже смешно об этом вспоминать), и поэтому я делал вид, что не обращаю внимания на эту восьмиклассницу, на Наргис. Но на самом деле я безнадёжно был влюблён в неё – в эту загадочно красивую, непредсказуемую и решительную девчонку.

Никогда прежде я не ожидал с таким нетерпением окончания школьных каникул. Мне хотелось снова пойти в школу и увидеть эту девчонку, сумевшую зажечь в моём сердце первую и настоящую влюблённость. Хочу сделать ещё одно признание – до того момента в школьных списках я числился, как отъявленный хулиган. Несмотря на то, что учился я хорошо, по поведению всегда оставался двоечником.

Что было потом? Я окончил школу и попытался поступить в душанбинский Институт Искусств, но не получилось. Вернулся в кишлак. Затем, как почти все молодые ребята из нашего селения, я решил уехать в Россию. Естественно, об этом стало известно всем и даже Наргис. Однажды сестрёнка принесла мне записку, в которой карандашом было написано: «Хочу с тобой встретиться. Наргис». И всё, больше ничего. Радости моей не было предела, но я корил и ругал себя за то, что именно она, а не я, первая произнесла эти слова. Но, как я уже говорил, Наргис всегда была решительной и непредсказуемой.

Мы встретились в сентябре, в сезон сенокоса, где наши участки соседствовали друг с другом. Теперь она казалась взрослой – все-таки девятиклассница. Она стала ещё женственнее, ещё краше.

Что было во время наших встреч? Никому и никогда не скажу. Хочу лишь добавить, что я не был уверен, поженимся мы или нет, а потому не переходил за грани дозволенного. – И, повернувшись в сторону речки, он надолго о чём-то задумался.

– Не настаиваю, – искренне согласился я с Парвизом.

Я был полностью согласен, что это такие вещи являются тайной двоих. Истинные чувства не требуют разглашения, они должны навсегда остаться незримыми узами – навсегда и только для них.

Парвиз повернулся, посмотрел на меня с

улыбкой, поднял пучок свежескошенной травы и нежно вдохнул его душистый аромат.

– Вот и сейчас, кошу траву, и этот запах возвращает меня в те годы.

Стало вечереть, и с гор начали возвращаться овцы и коровы (с потца). Кишлак наполнился блеянием коз и баранов. Меня всегда удивляло, как они – овцы – без ошибки находили свои дворы.

Из домов струйками стал подниматься дым, и запахло жареным луком. Мы ещё немного посидели с Парвизом, поговорили о том о сём и разошлись по домам.

Вы, наверное, хотите узнать, а что же случилось дальше? Почему эти двое влюблённых так и не поженились? Честно скажу – я не знаю. Парвиз поведал мне то, что счёл нужным, и больше вопросов я ему не задавал. Но, разговаривая со своими хиён, я догадался, что и у него и у Наргис есть свои семьи и дети.

А через несколько дней после свадьбы мой отпуск закончился и я уехал из ставшего для меня родным кишлака.

В конце своего рассказа хочу добавить – ведь это мгновение из жизни, из жизни двоих (я всё-таки назову их счастливыми Принцем и Принцессой) из далёкого памирского кишлака. Не только в индийских фильмах люди влюбляются – влюбляются везде. И всюду любовь протекает по-разному, и у каждого она своя и неповторимая, и каждое мгновение той первой, полудетской любви дорого лишь для тех, кто испытал её.

Представьте на мгновение Парвиза, сидящего на манджа среди шумной свадьбы, который пятнадцать лет спустя встретил свою первую любовь – незабываемую любовь. Это вечная мелодия, которая навсегда записывается в сердцах двоих, и, по желанию, ты можешь слушать её снова и снова – иногда тихо, еле слышно, а иногда громко и во всю мощь. Мне показалось, что Парвиз тогда, сидя со мной рядом на манджа, одновременно находился на школьной сцене, где он познал волшебный вкус первого поцелуя. (Написал эти строки и сразу вспомнил чарующие стихи великого Омара Хайяма).

Видимо и сердце Наргис тоже билось учащенно, когда их взгляды встретились, но я ничего сказать о ней не могу, я видел её лишь издали.

Этот немой разговор, разговор взглядами, понимали лишь они. И я уверен, что в глазах друг друга они прочли всё, всю поэму их прошедшей истории. Иногда так бывает, что слова оказываются лишними. Поэтому я прекращаю писать, а скажу лишь: «Слушайте мелодию любви»...

Эпилог

А Боб Айдаршо оказался крепким орешком. Он плясал до конца свадьбы, даже тогда, когда молодые парни уже утомились и расселись по своим местам. Он оттанцевал весь вечер без перерыва, а потом, говорят, его видели дома у жениха, где было продолжение праздника...

А может он тоже влюбился... ну, скажем, в виц (тётя) Зарагуль?

07 августа 2010 года

Мудрецы уходят в горы

Свежий воздух гор слегка пьянил меня. Я поднимался всё выше и выше по горной тропе. Недавно прошедший дождь освежил всю природу: трава стала ярче, воздух – прозрачнее, а небо – ещё голубее. Дышалось свободно.

Город с его нудной суматохой и притворной жизнью остался далеко позади. Во всяком случае, до ближайшего было не менее семисот километров. И мне казалось, что я попал в другой мир, в мир естественный. Оно так и было. Меня окружали тутовые деревья с их янтарными ягодами. Живо и весело журчали свежие горные ручьи с талой водой. Паслись стада коров, и я уверенно мог сказать, что их вымя было наполнено не пастеризованным молоком, а самым, что ни есть натуральным. Я шёл и наслаждался первозданной красотой Памира.

К полудню я достиг горного плато, расположенного на высоте около трёх тысяч метров. Остановился у небольшого родника отдохнуть. Кусок домашней лепёшки, козьего сыра и свежий помидор показались мне лучше всяких деликатесов из изысканных ресторанов. После еды меня начало клонить ко сну, и я, соорудив из рюкзака подушку, прилег на короткую травку рядом с родником.

Проснулся я оттого, что услышал фырканье ослика. На ослике сидел седой, благообразный старик, по одежде похожий на дервиша. Поравнявшись со мной, он спешился, подошёл к роднику и пригоршнями медленно стал пить воду.

– Саламалейкум, друг! Наверное, я тебя разбудил. Извини, – ласково произнёс старик.

Он был похож на тех древних мудрецов, изображения которых нам встречались в школьных учебниках по персоязычной поэзии. Я имею в виду Джалалуддина Руми, Омара Хайяма, Абу Али ибн Сина и всю ту плеяду гигантов Востока.

– Ваалейкум ассалам! Да нет, я лишь вздремнул немного.

– Наверное, с нижнего пастбища поднялся сюда, – то ли вопросительно, то ли утвердительно произнёс старик.

– Нет, я из города, из Душанбе. Решил провести свой отпуск в горах.

– Замечательно придумал. А я вот давным-давно покинул город и нисколько об этом не жалею, – добавил он. – В первый же год войны я взял свою жену, детей и привёз их сюда. Не хотелось оставаться среди сумасшедших людей. Воюют только ненормальные.

– И как же, не трудно жить в горах? – осторожно спросил я его.

– Поверь мне, друг, я никогда не был более счастлив, чем здесь.

– Ну, а как же без электричества, без газа, без докторов, по крайней мере...

– И без всего этого можно прожить. И без докторов тоже. Поверь, за всё то время, что я живу в горах ни я сам, ни члены моей семьи ни разу не болели. Именно здесь, среди горных вершин, многие вещи прояснились для меня. В городе много суеты, бессмысленной суеты. Там мы зависим от абсолютно глупых вещей: начальник, зарплата, то же электричество, газ... Ты не волен делать то, чего больше всего хочешь, – спокойно завершил старик свою долгую речь и вниматель-

но посмотрел мне в глаза, как бы убеждаясь, понимаю ли я его. И, видимо, удовлетворившись явно выраженным любопытством на моём лице, продолжил:

— А больше всего человеку хочется быть самим собой. Ты вот, кто по профессии? – неожиданно спросил он меня.

— Я... я... вообще-то, – не нашёлся я, что и ответить старику, потому что действительно не знал, что сказать, – перепробовал много профессий.

— Не мучайся. Вижу, что трудно тебе ответить на такой простой вопрос. А вот если бы я спросил: «Что ты любишь больше всего делать?» – ты бы наверняка легко нашёлся, что сказать. Вот то, что ты любишь больше всего – это и есть твоя профессия, твоё призвание. Всевышний даёт тебе облегчение именно в том деле, для которого Он тебя предназначил.

— Ну, а как же чувство долга перед семьёй... детьми? – осторожно спросил я его, хотя не хотелось перебивать разговорившегося странного горца.

— Будь самим собой, и ты исполнишь все свои долги перед всем и всеми... Будь искренен хотя бы с собой. Не искажай свою суть: от этого напрягаешься, потому что искажаешь всю Вселенную. Любая деформация – это шаг в сторону от истины. Знаешь, брат, я скажу тебе больше. Твои мысли часто подсказывают тебе твою миссию на Земле, но ты не всегда готов их расслышать, а ещё чаще ты их отгоняешь.

Будучи горожанином, я тоже перепробовал много профессий. Как и все после школы я поступил в институт, на инженера, где проучился без особой радости. После окончания я работал в школе учителем физики, что у меня тоже не особенно получалось. После развала страны пробовал себя и в бизнесе – не увлекало. По настоящему мне нравилось лишь помогать отцу в работе по саду и огороду. Моя душа пела, когда я смотрел, как искусно он справляется с посадкой картофеля и помидоров, и я пробовал подражать ему. Я зачарованно наблюдал, как отец прививает веточку хурмы к инжиру. Затем он восторгался, собирая урожай с полей и с привитых деревьев. Больше всего мне хотелось делать то, что делает мой отец, но городские правила открыто говорили мне, что «это смешно», а скромные мысли о крестьянстве стыдливо и неназойливо продолжали посещать меня, а я их отгонял и отгонял...

Поселившись в горах, я стал прислушиваться к своим мыслям внимательнее, научился распознавать заложенный в них смысл. Я стал самим собой, и я счастлив. И теперь, в этих суровых горных условиях я сам себе Академик-Агроном. Я не испытываю проблем с продуктами.

У меня вообще нет проблем. Я вписался в это счастливое пространство, в эту природу, в эти величественные горы... Место жительства имеет огромное значение, мой друг. Тебе наверняка приходилось слышать, что мысль материальна и воздействует на окружающее пространство?

– Да, читал где-то, – тихо ответил я.

– А я испытал это на себе во время войны в Душанбе. Да, скорее всего, не один я чувствовал это. Я помню, как мне казалось, что воздух звенел от страха, поселившегося в городе. Даже цвет его стал сероватым от дикого напряжения. А всё потому, что мысли у людей были скованы ужасом, и они, материализуясь, создавали атмос-

феру страха и тревоги.

Так что мыслить позитивно – очень важно. Более того, мысль – это другая реальность, и эту реальность ты волен создавать, как тебе угодно, в соответствии со своими намерениями. Но и отвечать за ту реальность тебе же... Мысль воздействует на нас. Да и сама наша жизнь есть мысль.

Тут старик медленно поднял голову и взглянул на небо, где в яркой синеве парила пара орлов. Я тоже невольно стал наблюдать за птицами.

– Птицы всегда и всем довольны, потому что больше всего они любят летать и летают. Вот и я, занявшись тем, что люблю больше всего, стал счастлив. Теперь я живу в согласии с самим собой. Это так же естественно и прекрасно, как окружающая природа. Если счастье – есть цель человека, то я достиг своей цели.

Весь этот монолог горца я слушал почти молча и очень внимательно. Не помню, сколько времени мы просидели у ручья. Старик говорил медленно и время от времени умолкал, затем снова продолжал свою речь. Мне не хотелось его перебивать. Недалеко от нас пасся его ослик. Вокруг были высоченные горы с вершинами, покрытыми вечными снегами. С гор дул легкий июньский ветер и казалось, что я нахожусь в волшебной обстановке, где чувствуешь себя легко и свободно. А может, действительно, то горное пространство, где я пребывал с этим загадочным мудрецом, пересекалось иной счастливой реальностью. Не зря мудрецы уходят в горы…

Старик оторвал свой взгляд от птиц, медленно, но по-молодецки встал на ноги, поправил свой стёганый тёмно-зелёный чапан (традиционный халат у народов Средней Азии) и произнёс:

— Ты, парень, на верном пути, раз тебя потянуло в горы. Ну, будь здоров.

— Спасибо, бобо, — ответил я.

Затем он взял своего ослика за уздечку и легкой юношеской походкой зашагал по тропинке дальше.

Я ещё немного посидел у родника, вспоминая слова старика. Сами горы и тишина вокруг располагали к размышлениям.

06 сентября 2010 года

Был жаркий июльский день. Мы с другом Олимом решили прогуляться по хорогскому базару перед тем, как поехать в кишлак Пастхуф. Олим, увлечённый спортом парень, очень любит футбол, поэтому мы искали хороший футбольный мяч. Он без остановки рассказывал мне о Диего Марадоне, о Зинеддине Зидане, о Леонеле Месси, о том, кто из них и когда забил самые важные голы.

— Джура, а ты смотрел финальный матч чемпионата мира между Францией и Италией? – спросил он меня.

— Это когда Зидана удалили? – уточнил я.

— Да, да, – оживлённо подхватил он, начав крыть на чём свет стоит Марко Матерраци, который спровоцировал Зидана нарушить правила. Он развил целую теорию о том, что всё это было задумано итальянцами заранее. И я подумал, что Олима, наверное, кроме футбола ничего на свете больше не интересует. Но вдруг он умолк. Я удивлённо посмотрел на него. В это время мы уже почти закончили обход базара и подошли к автовокзалу. На земле повсюду были разложены кучи арбузов и дынь. У одной из этих арбузных пирамид стоял автобус с пассажирами готовый к отправлению. Я уловил взгляд Олима, направленный в окно этого автобуса, где, обмахиваясь газетой, сидела красивая девушка лет восемнадцати. Стояла жара, поэтому стекла автобуса были опущены. Я отметил, что девушка была поразительной красоты – светлолицая, с темными волосами, заплетёнными в одну толстую косу с завитушками у шеи и у висков. Её тёмные лучистые глаза были обрамлены густыми длинными ресницами. Олим пристально глядел на неё и не мог оторваться.

– Эй, Марадона, что с тобой? – шутливо спросил я его.

Он лишь на мгновение обернулся, а затем снова уставился на красавицу. Девушка заметила его взгляд и смущённо закрыло лицо газетой.

В это время автобус тронулся с места. Олим, бросив мне фразу: «Сейчас, подожди», быстро оббежал машину и взглянул на лобовое стекло, а затем вернулся назад с рассеянным взглядом, часто повторяя: «Барушон, Барушон, Барушон...».

– Ну, а что сказал Матерраци Зидану? – хотел я вернуть его к прежней теме.

– А? Что? – рассеянно отвечал Олим.

Я понял, что только что стал свидетелем пресловутой «любви с первого взгляда».

– Пить хочу, – вдруг произнёс он, наблюдая за отъезжающим автобусом.

Мы подошли к пожилой женщине, продававшей охлаждённую, кажется, малиновую воду. Олим проглатывал стакан за стаканом, как будто хотел заглушить огонь только что возникших чувств. Ну что ты скажешь молодому парню? В этом возрасте всё кажется раз и навсегда. Любовь к футболу – раз и навсегда. Любовь к девушке – раз и навсегда. С высоты своего возраста мне хотелось сказать: «Олим, ты ещё встретишь свою настоящую любовь, всё у тебя впереди», – но увидев его глаза, я понял, что лучше промолчать. В тот момент для него настоящей любовью была та самая девушка, которая уехала в Барушон. Лучше не переубеждать его, всё равно ничего не получится, ведь ему всего лишь восемнадцать...

Со стороны речки дул прохладный ветер. Мы

вышли из базара и под тенью зелёных ив прошлись пешком до висячего моста, где была припаркована наша «Нива». Всю дорогу Олим молчал.

Вот так из-за красавицы из Барушона Памир лишился великого футболиста.

А из Барушона ли была она?..

24 апреля 2010 года

Аслишо и Насиба

Свадьба была в самом разгаре. Жених и невеста сидели на манджа (топчан – *пам.*), и за спиной у них находился красный ковёр с надписью из белой ваты «Туй Муборак». Посередине ковра было два кольца. Чуть ниже колец – имена молодожёнов: «Насиба» и «Юсуф-бек». Музыканты, расположившись под ореховым деревом, играли весёлую музыку. Тамадой был Аслишо, мой друг. (Вообще-то штатным тамадой в кишлаке всегда был Давлатбек, но он в то время находился в России, а в его отсутствие свадьбы всегда вёл Аслишо). Аслишо старался вовсю, желал молодым счастья, любви, читал традиционные возвышенные стихи. В самый разгар торжества он подошёл ко мне и попросил:

– Пожалуйста, помоги мне, доведи свадьбу до конца, я что-то устал.

– Ты что, Аслишо! Я никогда не был тамадой и не хочу испортить праздник, – ответил я ему.

Он нехотя пошёл продолжать свою работу.

– Слово для поздравления предоставляется однокласснице невесты, Рухшоне, – объявил Аслишо и опять вернулся ко мне.

– Может, всё-таки подменишь? – неуверенно спросил он меня снова.

К этому времени Рухшона закончила свои поздравления, и Аслишо пришлось возвращаться к микрофону, чтобы объявить музыкальную часть программы. Я знал, что сейчас в кишлаке никто не сможет заменить Аслишо. Он был обязан довести свадьбу до конца.

Он так и сделал... И по окончании торжества моментально исчез.

У меня в ушах всё ещё звенели звуки синтеза-
тора и слова песни «Шаб ба хайре, ёру дустон, шаб
ба хайр...». Народ расходился. Несмотря на сен-
тябрь месяц, деревья ещё были зелёными. Подул
свежий вечерний ветерок. На манджу, где недавно
сидели жених и невеста, упали спелые красные
яблоки. Музыканты собирали свои инструменты
и, усталые, тихо беседовали между собой.

На следующий день, в полдень, я пошёл про-
ведать Аслишо. Его дом находился неподалёку.
Когда я шагнул к нему во двор, то столкнулся с
его сестрой Нигиной. Она, сидя на корточках, собирала тут (шелковицу). Я сразу заметил её по-
красневшие от слёз глаза.

– Где Аслишо? – спросил я её.

– Не знаю, – тихо ответила она, – после вче-
рашней свадьбы исчез.

– Как? Куда? – автоматически вырвались
глупые вопросы.

– Ты в кишлаке бываешь редко, только во
время отпусков, поэтому и не знаешь всё, что
здесь происходит, – сказала она, не глядя на меня.

– Что, например? – поинтересовался я.

– А то, что Аслишо любит Насибу (у которой вчера была свадьба). Они вместе учились в
школе, потом Насиба поступила в пединститут, и
все пять лет он ждал её. Они часто виделись. В
апреле должны были сыграть свадьбу, но вдруг,
без всяких объяснений Насиба приняла предложе-
ние Юсуфбека. Почему так произошло, я до сих
пор не знаю, – тихо закончила она.

Я сразу вспомнил вчерашнее лицо Аслишо и
его просьбу ко мне довести праздник до конца.
Что же творилось у него в душе вчера...

В это время Нигина показала мне записку, в

которой шариковой ручкой, большими печатными буквами было написано: «МНЕ НИКТО НЕ НУЖЕН КРОМЕ НАСИБЫ», и мелким почерком внизу: «не ищите меня, может быть, позвоню».

Я, ничего не ответив Нигине, медленно вышел со двора и направился к реке, вдоль которой протянулась дорога в Душанбе. Я присел на берегу и начал наблюдать за афганским кишлаком на противоположной стороне. Там мальчик и девочка погоняли ослика, нагруженного свежескошенной зелёной травой. Ишака почти не было видно под огромной поклажей. Дети весело смеялись. За моей спиной проносились УАЗики и РАФики, загруженные большими коммерческими сумками – одни в Хорог, другие в Душанбе. Аслишо, наверное, тоже вчера после свадьбы сел в одну из них и исчез в неизвестном направлении.

Солнце поднялось высоко. Становилось жарко. На афганской стороне мальчик и девочка со своим осликом тоже исчезли в узеньких проулках глиняного кишлака.

Я ещё немного посидел на берегу реки. Местами бурные, местами спокойные воды Пянджа, как сама жизнь в селении, тоже куда-то неслись. Я подумал, что жизнь везде одинакова, и страсти-мордасти почти везде одинаковы. Они случаются и в Париже с Лондоном, и в маленьком памирском кишлаке.

Я встал и медленно побрёл назад. Проходя мимо дома Аслишо, я заметил, что Нигина всё ещё собирала тут.

Несколько дней спустя после свадьбы начался сезон сенокоса. Я тоже присоединился к косцам. Рано утром мы поднялись по крутому склону горы к бугристой каменистой поляне, которая находилась чуть выше, у подножия почти вертикальных скал. В кишлаке у каждой семьи есть свой участок, на котором они могут косить траву. На нашем трава была высокой – выше колена – и ещё нетронутой. Пахло лугом и цветами.

– Ты косить-то хоть умеешь? – с улыбкой спросил Мехриддин – мой родственник.

– Давно не делал этого, аж со школьных времён, но попробую, – ответил я и взял в руки серп.

Было неудобно держать его, потому что я левша, а серпы все приспособлены к правой руке. Я начал косить, но неумело . Отростки травы позади меня оставались высокими, хоть я и пытался прижимать серп плотно к земле.

– Годится, – отметил Мехриддин, стоявший справа от меня и наблюдавший за процессом. Он тоже принялся за дело, отойдя на несколько шагов дальше.

Я взглянул на соседний участок и, в шагах в пятидесяти от себя, увидел девушку в жёлтом платье. Её голова была покрыта белым платком. Приглядевшись, я узнал Нигину, сестру Аслишо. Я помахал ей, она тоже в ответ подняла руку и стала косить дальше. Я подумал, что во время перерыва (чуть не написал «перекура») подойду к ней и узнаю, есть ли какие-либо известия об Аслишо.

За час с небольшим Мехридин накосил травы в два раза больше чем я. Ну что тут поделаешь, куда мне тягаться с ним? Он из кишлака, а я городской – вот и всё объяснение.

Ближе к полудню, когда солнце стало припекать, мы решили немного отдохнуть. Я подошёл к Нигине и с удивлением заметил, что и она тоже

выкосила травы больше меня.

— Саломолек, — первой поздоровалась она и медленно поднялась, держа серп в руке.

— Ваалейкум бар салом, — ответил я и присел на небольшой камень у маленького куста боярышника.

— Аслишо всё ещё не звонил? – спросил я.

— Нет, пока не звонил, – не глядя в мою сторону, ответила она, вытирая пот со лба уголком платка. Я молча смотрел на неё и отметил про себя, как всё-таки естественно красивы девушки без макияжа. Эта мысль посещала меня не раз. Я часто видел Нигину в макияже, с тенями, подведенными глазами и разным оттенком губной помады. Но сейчас она выглядела гораздо привлекательнее, несравненно красивее. Её матово-белое лицо чуть раскраснелось, и на щеках выступил нежный румянец. На чуть вздёрнутой верхней губе была заметна испарина. Нагина выглядела как сама природа вокруг – просто и естественно.

Я смолчал. Если я скажу: «Нигина, ты без косметики намного красивее», думаю, не поверит или даже удивится. В кишлаке нечасто делают комплименты. Вот такие мысли пронеслись у меня в голове в мгновение ока.

Нигина продолжала косить траву.

— Зато я узнала другое, — сказала она.

— Что другое? — не понял я.

— Почему Насиба вышла замуж за Юсуфбека, — добавила она, присев на скошенную траву и отложив серп в сторону.

— Ну и почему же? — поинтересовался я.

— Сестра Насибы Ситора, моя одноклассница и подруга, за несколько дней до свадьбы вернулась из Хорога, — начала она. — После торжества мы с ней случайно встретились у речки, когда я пришла туда за водой. Нам всегда было известно об отношениях Аслишо и Насибы и мы часто шутили, что скоро станем родственниками. Ситора рассказала мне, что выйти замуж за Юсуфбека Насибу уговорила её мама.

– Почему? – слегка удивлённо и наивно спросил я, вдогонку сообразив, что зря я это ляпнул. Она приподняла пучок свежескошенной травы, выбрала оттуда один стебелёк и, положив его межу ладоней, начала вертеть им, как карандашом. Наверное, это вышло у неё невольно, скорее всего, чтобы чем-то занять руки.

– Подожди, подожди, я тебе разъясню всё по порядку, ты ведь давно не был у нас, – сказала она. – Ну, слушай. Насиба – старшая дочь в семье, и кроме неё есть ещё шесть сестёр. Отец их пропал без вести во время гражданской войны. Они с трудом сводят концы с концами. Ситора поведала мне, что, оказывается, ещё до Аслишо к Насибе сватался Юсуфбек, и Насиба дважды отказала ему, хотя Юсуфбек и завидный жених в кишлаке: у него два магазина в Хороге и один в Душанбе. Богатый парень, бизнесмен.

Ситора рассказала, что много раз видела сестру в слезах, грустную и задумчивую. А однажды она невольно подслушала разговор мамы и Насибы, когда случайно заскочила в кушхона (пристройка к дому) за ведром для тутовника. Мама говорила:

– Доченька, ты обо мне не думай, но подумай о своих сестрёнках… Как мне одной справиться с ними?

– Мамочка, да не люблю я Юсуфбека...

– Насиба, доченька, да не любовь тут главное,

а надёжный и обеспеченный муж...

– Мама...

– ...

– Примерно в таких словах всё это передала мне Ситора, – грустно закончила Нигина.

Я слушал её молча, не зная, что и сказать. Откуда-то прилетела шустрая сорока («кихебц» по-шугнански – *прим. автора*) и села прямо на кучу свежескошенной травы, куда Нигина по неосторожности положила свой браслет. Видимо, блеск камней и привлёк внимание любопытной сороки. Я отогнал её.

– Будь осторожна, сороки любят всё блестящее, – посоветовал я ей.

Я взглянул в сторону Мехриддина. Он уже косил траву.

– Ну, пока! Пойду косить.

– Молока не хочешь? – дружелюбно предложила она.

– Нет, спасибо.

Я направился к Мехриддину, взял серп в руки, и мы без остановки часа полтора косили траву. Мехриддин обогнал меня и был далеко впереди.

После полудня пришла Замира, девочка лет семи, племянница Мехриддина, с узелком еды. Мы сели пообедать под небольшое тутовое дерево рядом с поляной. Лепёшки и чакка (кислое молоко) казались особенно вкусными после работы.

– Не устал? Может, вернёшься в кишлак вместе с Замирой? – спросил меня Мехриддин.

– Нет, спасибо, я ещё свой план не выполнил, – отшутился я.

Замира собрала дастархан и направилась по тропинке вниз к кишлаку.

– По закону Архимеда после вкусного обеда,

вытерев руки об соседа, полагается поспать, – пошутил я, глядя на Мехриддина, который прилёг на
бок, положив под голову стог свежей травы.

– Что-что? По какому закону?.. – переспросил
меня он.

– Да это шутка такая, не обращай внимания.

Я посмотрел на поляну, где трудилась Нигина,
но её не было видно. Наверное, она пошла в
кишлак.

Я тоже соорудил травяную подушку и прилёг.
Воздух был пропитан запахом пряной травы.
Прямо над головой летала мохнатая пчела, пере-
саживаясь с одного цветка на другой. Я отчетливо
видел её полосатое брюшко в жёлтых и чёрных
полосках. На соседний сиреневый цветочек присела огромная бабочка с белыми крылышками с
черными точками. Пчела ревниво перелетела на
тот цветочек, и бабочка медленно вспорхнула.
«Конкуренция», – подумал я и перевёл взгляд на
небо. Оно было сине-сине-голубое. Такое небо
бывает только на Памире.

Надо мной проплывало огромное белое
облако, по форме напоминающее африканский
континент. Было заметно, что оно находится ниже
горной вершины. Форма облака медленно меня-
лась. Оно удлинялось, а потом и вовсе раздели-
лось надвое. Глядя на всю эту красоту, я невольно
начал думать о Насибе и её поступке. Вспомнились слова Нигины о том, что Ситора часто видела
сестру заплаканной и грустной. Я не знал, что и
думать. Первое, что приходило в голову: «Насиба
пожертвовала собою и своей любовью ради спа-
сения сестрёнок».

Не думаю, что у неё были меркантильные ин-
тересы, ведь она, по словам Ситоры, дважды от-

казала Юсуфбеку.

В делах сердечных не советуют, я бы добавил, и не осуждают. «Не суди, да не судим будешь». «Какое же всё-таки небо над Памиром синее», – мелькнула мысль.

За день до моего отъезда из Памира неизвестно откуда вернулся Аслишо. Его не было в кишлаке со дня свадьбы Насибы и Юсуфбека.

– Привет, друг, – как обычно поздоровался я с ним, когда мы встретились вечером у него дома. Он выглядел исхудалым и был небрит.

– Привет, – равнодушно ответил он.

– Не обижайся, что я тогда, на празднике, отказался заменить тебя, – начал я осторожно. – Мне ничего не было известно о твоих отношениях с Насибой. Он медленно поднял свой взгляд сначала на меня, затем резко посмотрел в ту сторону, где у ручья, протекающего через их двор, мыла посуду Нигина. Но она, скорее всего, не слышала нас.

– Да не гляди ты такими глазами на сестру. Она тоже переживает за тебя, – попытался успокоить я его, хотя был уверен, что он никогда не обидит её.

Тут я хочу написать несколько слов об Аслишо. Мы с ним познакомились случайно, в один из моих приездов в кишлак несколько лет тому назад. Как-то в солнечный летний день, лёжа на манджа, я читал книгу японского писателя Харуки Мураками «Охота на овец». Не помню точно, как появился в моем дворе Аслишо, но проходя мимо манджа, он поздоровался, а потом, наклонившись, прочел название книги.

– Японией интересуешься? Я тоже читал его книги, – с улыбкой выдал он.

Меня, честно говоря, очень удивило, что этот парень из далёкого горного кишлака знает Харуки Мураками, который только-только входил в моду в Москве. От удивления я отложил книгу в сторону.

– А что именно ты читал? – с нескрываемым интересом спросил его я.

– Все, что попадалось. Сначала наткнулся в Интернете, в Хороге, на «Слушай песню ветра». Потом в Душанбе случайно попалась его книга «Норвежский лес». Затем уже сам начал искать его произведения. Прочел и «Хроники Заводной Птицы», – равнодушно рассказывал он.

Я был ошеломлён! Здесь, в глубине гор, в забытом всеми кишлаке я встретил человека, знакомого с произведениями самого модного, по крайней мере в Москве, писателя.

Мы проговорили долго, даже не заметив, как настала полночь.

После того разговора он стал часто заходить ко мне, или я к нему, и мы долго обо всём беседовали.

– А что ты дальше-то учиться не стал? – однажды спросил я его.

– Не сложилось, не поступил, – с улыбкой ответил он. – Ты же знаешь, как сейчас поступают.

– Слушай, а ты как относишься к теории эволюции Чарльза Дарвина? – резко спросил он меня. Надо сказать, что за короткое время я уже успел привыкнуть к его необычным вопросам.

– Спорная теория, – ответил я.

– Я тоже так думаю, – оживлённо начал он. – Я

воспринимаю её как одну из слабых гипотез, и то лишь с натяжкой, – завершил он и задумался.

Вот коротко об Аслишо. Можно ещё много чего интересного рассказать о нем. Неординарный он парень.

Теперь вернемся к рассказу.

Аслишо перевёл взгляд с Нигины на меня и нехотя поведал мне об отношениях со своей одноклассницей Насибой. Было видно, что о своих сердечных делах он не любил рассказывать. О Космосе, о греко-македонской культуре, о теории Дарвина он говорил с превеликим удовольствием, но если касалось личной жизни, он становился немногословным. Из его сбивчивого и скупого рассказа я понял, что они с Насибой начали дружить с седьмого класса, после того как однажды он увидел её плачущей во время просмотра индийского фильма в кишлачном клубе. Она сидела позади него. Когда включили свет, он случайно обернулся назад и увидел её карие глаза, полные слёз. Как он сам говорил: «Меня как будто кто-то сильно ударил в грудь». Больше он ничего к этим словам не добавил.

Да разве можно объяснить, как возникает любовь – это ведь тайна, над разгадкой которой тысячелетиями бьется всё человечество.

Насиба его ухаживания принимала, но особой взаимностью не отвечала, хотя в классе и на школьных вечеринках она всегда сидела рядом с Аслишо. Её любовь к нему проснулась позже, когда она поступила в пединститут. В одном из телефонных разговоров она, чуть не плача, призналась: «Аслишо, мне очень не хватает тебя здесь».

После этого случая все каникулы они проводили вместе. Вот и всё. Остальное вам известно.

– Да не переживай ты, – попытался я его успокоить, видя как сильно он подавлен. – Время – лучший доктор, – добавил я.

Я гораздо старше Аслишо, и с высоты своих лет мог позволить себе такое назидание. Ему всего двадцать четыре года...

– За неделю до свадьбы она передала мне вот эту записку, – сказал Аслишо и вынул из нагрудного кармана потрепанную бумажку.

Немного поколебавшись, дать ли мне почитать записку или не дать, он протянул её мне. Думаю, это было высшим проявлением доверия.

Записка была написана красной ручкой, и многие места поистерлись, поэтому некоторые слова было уже невозможно прочесть. Да я и не хочу воспроизводить их здесь, в этом рассказе. Это глубоко личное дело Насибы. Добавлю лишь, что по тем нескольким строкам, которые ещё возможно было разглядеть, в записке была приведена довольно веская интимная причина, по которой она не могла стать женой Аслишо. И этой причиной были не деньги...

Приведу лишь заключительные строчки записки. Вот они: «Если сможешь, будь тамадой на моей свадьбе. Аслишо, я люблю тебя. Знай, ты всегда со мной». Я не стал интересоваться у Аслишо тем, что не смог прочесть, считая, что это было бы верхом бестактности по отношению к обоим влюблённым.

Я вернул записку моему задумчивому юному другу. Он достал ещё один клочок бумаги, и я узнал в нем послание, которое он оставил сестре перед тем, как покинуть кишлак после свадьбы. В глаза сразу бросились крупные печатные буквы: «МНЕ НИКТО НЕ НУЖЕН КРОМЕ НАСИБЫ».

Он сложил обе бумажки и положил в карман. Мне подумалось: «Возможно, эти две записки и останутся единственными свидетелями их первой, юной и прекрасной любви».

— Завтра я уезжаю, — сказал я Аслишо и крепко пожал его натруженную тяжким трудом руку.

— Счастливой дороги! Когда будешь в наших краях ещё? — спросил он, глядя мне в глаза.

— Скоро, инша Аллах, — ответил я.

Я оставил ему книгу Харуки Мураками «Охота на овец».

— А теория Дарвина действительно очень спорная, может, напишешь опровержение, — пошутил я. Он слегка улыбнулся.

— Нигина, до свидания, — помахал я рукой сестре Аслишо. Она, отложив в сторону посуду, встала, вытерла руки о подол платья, забежала в чид и через минуту вернулась с очень красивыми джурабами, вязаными бартангским стилем.

— На память, — протянула она.

На следующее утро я ехал в «Ниве» с Мехриддином в сторону Душанбе. Светило солнце. Справа от меня горы были ещё в тени, а с левой стороны они уже были ярко освещены лучами утреннего солнца. Какая-то девочка с прутиком в руках гнала стадо овец вдоль берега. В машине звучала оркестровая музыка Джеймса Ласта «Одинокий пастух».

— У тебя есть какая-нибудь кассета с песнями Далера Назарова? — спросил я Мехриддина.

Он поискал среди своих записей, выбрал одну и вставил в магнитофон. Зазвучала песня: «Турки Шерози».

Позади остался кишлак, в котором я провёл почти месяц. Живописное и мало кому известное самобытное селение с удивительными людьми. Там остались герои моего рассказа – Аслишо и Насиба. Там остались другие мальчики и девочки, которые подрастут и тоже испытают эти волнующие и нежные чувства первой влюблённости или настоящей любви. Они также, возможно, будут сидеть за одной партой, вместе ходить на школьные вечеринки, загадочно улыбаться друг другу. Или, как Аслишо и Насиба, отправятся в клуб на индийский фильм, и какой-нибудь мальчишка, увидев глаза девчонки, полные слёз, тоже скажет потом: «Меня как будто кто-то сильно ударил в грудь». Жизнь в кишлаке продолжается...

Эпилог

Год спустя после этих событий я позвонил в кишлак Мехриддину. С его слов я узнал, что Аслишо покинул селение и работает где-то в России. Хочет заработать и продолжить учёбу. Посылает немного денег и сестре Нигине.

У Насибы родился сын.

Мехриддин продиктовал мне номер мобильного телефона Аслишо, сказав, что он часто спрашивает обо мне.

04 апреля 2009 года

Ирбис

Снег густо завалил выход из пещеры, и молодому Барсу (Ирбису) пришлось проползти на животе, чтобы выбраться наружу. Солнце только что взошло, и вокруг была сверкающая белизна. Мириады выпавших за ночь снежинок отражали лучи утренней зари с красноватым отливом. Вершины высоченных пиков, покрытые вечными ледниками, тоже отражали лучи солнца, как мощные прожекторы. Барс потянулся всем телом, дугой выгнув красивую спину, и изящно присел на задние лапы. Его бело-дымчатая длинная шерсть была покрыта крупными кольцевидными пятнами, а голова – разукрашена мелкими чёрными точками. Брюшная шерсть была совершенно белой.

Большие зрачки его глаз отражали цвет синеющего утреннего неба. Он зорко начал оглядывать окрестности. Вытянув шею, взглянул вниз, в глубокую расселину, затем, подняв голову, бросил взгляд на противоположный склон, покрытый белоснежной шапкой. Его зоркие глаза внимательно выискивали следы, но их не было. Обычно Барс охотился ночью и очень редко рано утром. Сегодня был один из тех редких случаев. Он встал на свои невысокие лапы, осторожно ступил на девственный снег и, повинуясь инстинкту, повернул вправо, в сторону отвесной скалы.

Подойдя поближе, он посмотрел наверх, где на трёхметровой высоте виднелся карниз, шедший вдоль отвесной скалы. Изящным кошачьим прыжком он с лёгкостью преодолел это расстояние. Это была его территория, и он знал здесь каждый горный выступ и каждый лаз. Уверенно пройдя по карнизу, он остановился посередине, затем безо всяких колебаний красивым прыжком перелетел через широкую расселину. Он приземлился в пушистый сугроб, и шерсть его покрылась снежным порошком. Немного постояв и повиляв длинным хвостом, Барс направился вниз по лишь ему известной тропинке. Он никак не мог обнаружить следов ни горного архара, ни диких баранов, ни, на худой конец, хотя бы сусликов.

Барс не любил спускаться вниз, в Башурв Дару, в Хуфское ущелье, но сильный холод и голод вынуждали его продолжать охоту и идти дальше. Ещё на высоте, но уже ближе к кишлаку, он наткнулся на волчьи следы, быстро оценив, что волков было много – целая стая. Видимо, они тоже были голодными и спускались вниз. Барс не испытывал перед ними страха. Уже много раз во время своих ночных охот он сталкивался с ними, видел их свирепые горящие глаза в ночи. Барс никогда сам не ввязывался с волками в драку, хотя они пытались атаковать его. Во всех схватках он выходил победителем, получая лишь укусы и царапины.

И на этот раз он повёл себя уверенно и спокойно. Пусть только попробуют. Пройдя ещё немного вниз по следам волков, он увидел их стаю, расположившуюся у огромного валуна. Лишь вожак – огромный серый самец – стоял поодаль и, казалось, продумывал маршрут дальнейшей охоты. Другие волки ждали его сигнала. Расстояние до стаи было небольшое. Взгляды Барса и Вожака встретились. Последний оскалился, показывая жёлтые клыки, Барс тоже издал негромкий, но уверенный рык. Оба зверя поняли, что сейчас им не до драки: нужно добывать еду. Волки коле-

бались – спускаться ли им вниз. Барс не стал раздумывать и осторожными прыжками направился к горной реке.

Его усилия были не напрасны, он набрёл на следы диких коз. Идя по ним, он догнал их, пасущихся у реки. Маскируясь под выпавший снег, Барс подобрался к ним поближе. Выбрав жертву, он молниеносно набросился на неё и лапами прижал к земле. Остальные козы высокими прыжками исчезли среди разбросанных у реки огромных камней. Утолив голод, он подошёл к речке и полакал холодную воду. Инстинкт подсказывал ему, что нужно быстрее возвращаться в свое жилище наверху. Оторвав голову от воды, выдыхая легкий пар из ноздрей, он тревожно понюхал воздух: что-то было не так... Поскорее, наверх... Вдруг раздался оглушительный выстрел, эхом отразившийся от горных вершин. Барс почувствовал жгучий удар в правую лопатку.

Он повалился на снег, белоснежная поверхность которого окропилась алой кровью. Далеко в низине реки он увидел людей, с криком бежавших в его сторону. Он и раньше их встречал, но никогда так близко не подходил. Барс даже не знал, стоит ли их опасаться, но теперь понял: да, стоит. Они, оказывается, могут причинять жгучую боль и, самое главное, – внезапно, без предупреждения.

Барс попытался встать на лапы. Правая передняя почти не слушалась его. Он чувствовал некоторую слабость. Приподняв раненую лапу, он сделал несколько коротких прыжков. Вроде получилось. Попытался совершить длинный прыжок... Трудновато, нет прежней лёгкости.

Но тут со стороны бегущих существ он снова услышал оглушительный грохот, и его зоркие глаза заметили огненную струю, пролетевшую прямо над его головой. Он не знал, что это такое, но звериный инстинкт подсказывал, что нужно бежать. Прижавшись к снегу, он оглянулся вокруг и в шагах десяти, слева, заметил огромный камень. Собрав все силы, он сделал свой излюбленный кошачий прыжок. Из-за раненой лапы он получился не совсем длинным, но всё же камня он достиг, приземлившись в глубокий сугроб, который его и замаскировал. Из своего укрытия он наблюдал за этими странными существами: они вразнобой махали и показывали руками в разные стороны – кто на правый склон, а кто на левый.

Барс переждал немного, глубоко зарывшись в снег. Потом начал зализывать рану и всё удивлялся, как же этим существам удалось его укусить с такого далекого расстояния. Он получил хороший урок – держаться подальше от людей. До сих пор он был уверен, что только волки могут напасть и ранить его в честном бою. Век живи – век учись. Когда голоса этих существ исчезли, он привстал из сугроба и небольшими прыжками стал карабкаться вверх. Его умению взбираться по скалам позавидовал бы любой альпинист «Снежный Барс». Через некоторое время он достиг того места, где еще утром проделал лаз среди пушистого белого снега в своё логово.

Барс полежал у входа. Солнце уже взошло полностью. Кругом была ослепительная белизна. Высоко в небе парила пара орлов. Он снова начал зализывать свою рану. Небольшие пучки шерсти прилипали к его розовому шершавому языку. От правого плеча, вниз к лапе, протянулись высохшие бурые пятна крови. Они неестественно выглядели на фоне его красивой шерсти. Барсу и в голову не

приходило, что главным объектом охоты для этих существ был не он сам, а его красивая шкура – его красивая шерсть, которую он сейчас нежно зализывал.

Он не знал и того, что эти же самые существа создали законы, согласно которым он взят под охрану, но сами же их и нарушают. Но больше всего его возмущало то, что они не предупреждают о предстоящей схватке, как это делают другие, например, те же самые волки или медведи, иногда встречающиеся ему на горных тропах.

Барс ещё немного полежал на чистом, белом снегу. Боль от раны утихала. На сегодня он был сыт. Охота удалась. Ещё один урок его горной жизни усвоен – жестокий урок. Но сегодня ему улыбнулась фортуна. Палитра его звериного инстинкта окрасилась ещё одним оттенком – быть всегда начеку. Кроме явных врагов, волков и медведей, есть и скрытые, более опасные звери, которых нужно остерегаться ещё пуще. Но сколько у него ещё будет таких уроков среди этих суровых горных вершин, ослепительных снегов и естественной красоты дикой природы? Он ведь и сам есть часть этой природы. Давайте пожелаем ему удачи!

14 октября 2009 года

*Р*анним утром в начале лета, когда солнце только-только начинало разогревать горный воздух, мы с другом Мехриддином собрались в кишлак Хуф. Обулись в удобные кроссовки и взяли с собой рюкзаки.

— Водичку бы взять в дорогу, — попросил я Мехриддина.

Он удивлённо посмотрел на меня, не понимая, о чём я, и переспросил:

— А зачем?

— Попить — дорога-то дальняя, — уточнил я.

Он взглянул на меня, как на инопланетянина, а затем тихо добавил:

— Мы все время будем идти вдоль речки, да и горных источников по пути много.

— Ах, да, извини, я не подумал об этом, — согласился я с ним.

Моя красавица, свояченица Ниссо, положила нам в рюкзаки по банке пай (кислое молоко — *шугн.*) и свежих лепёшек.

— Подождите немного, — сказала она и, открыв деревянную калитку, забежала в огород, откуда вернулась с едва покрасневшими свежими помидорами, небольшими огурцами и со стеблями зелёного чеснока. Быстро ополоснув их в чистом ручейке, протекавшим прямо во дворе, она положила овощи в целлофановый пакет и протянула его мне.

— Положи в рюкзак, перекусите по пути.

Мы не стали отказываться, так как до кишлака Хуф идти около восьми километров и всё время наверх. Подкрепиться по пути не помешает.

— Спасибо, Ниссо.

– Передайте привет дедушке Ремаку, – добавила она.

Мы с Мехриддином направились в Хуф. Сначала дорога была пологой, и мы шли вдоль шумной и быстрой речки Шарвидодж, от которой веяло прохладой. Вдоль тропы росли вперемежку тутовые и ореховые деревья. Вскоре кишлак Пастхуф остался позади и мы оказались на залитой солнцем горной дороге.

Если я сейчас напишу: «Кругом была такая красота, величественные горы, свежий воздух и так далее…» – это не передаст даже и сотой доли окружавшего нас великолепия нетронутой природы. Но я постараюсь описать ту дорогу, по которой мы следовали в высокогорный кишлак Хуф.

Проделанная на склоне горы, она длинными зигзагами постепенно поднималась вверх. Река, вдоль которой мы двигались вначале, незаметно превращалась в тонкую белую полоску, и мы перестали слышать ее шум вовсе. Казалось, что наблюдаешь за ней из самолёта, набирающего высоту. По пути мы вдыхали аромат тысячи трав и цветов, разогретых утренним солнцем. Даже больше – пряный воздух сам вливался в ваши легкие, и становилось легко-легко. Говорят же, что горный воздух лечит, и это наверняка правда. В синем небе над нами проплывали белоснежные облака, а за ними виднелись высоченные пики, покрытые вечными снегами. Казалось, что они находились совсем близко. Но это обман зрения. Они были очень далеко. Человека, приехавшего сюда из города, в первую очередь удивляет тишина. Нет машин, суеты, нет городского шума, слышны лишь голоса птиц.

Мехриддин шёл немного впереди, глядя себе

под ноги. А куда ему ещё смотреть: он здесь вырос и каждый день любуется этой красотой, и ничто его уже не удивляет. Наоборот, его удивляю я. Когда я останавливаюсь и долго гляжу на какую-нибудь снежную вершину на противоположной стороне горного ущелья, он с вопросом смотрит на меня своими темно-синими глазами, медленно переводя их то на меня, то на объект моего интереса. Он наверняка думает: «Чудаки всё-таки эти городские». Если я слишком уж долго засматриваюсь, он просто отходит в сторонку, присаживается на один из валунов и внимательно разглядывает свои кроссовки, то расшнуровывая, то зашнуровывая их снова в терпеливом ожидании. Горцы вообще народ спокойный и терпеливый.

Так мы шли около часа. Слева от нас находился пологий склон горы, покрытый травой и разноцветьем, а справа — местами пологий скат или резкий обрыв. Ближе к Хуфу (там, где написано «Хуш омадед», то есть «Добро пожаловать») нам стали встречаться тополиные рощи, и мы решили немного отдохнуть у свежего источника («чашма» по-таджикски – *прим. автора*). Мехриддин присел на травку под кустом чёрной смородины, развязал рюкзак, достал оттуда свежие лепёшки с паем и помидорами и, взглянув на меня, весело сказал: «Обед готов».

Я тоже присел к импровизированному дастархану. Взяв кусок лепёшки, макнул в пай. Нет ничего вкуснее, чем поесть свежий пай с лепёшкой среди памирских гор. Ни в одном ресторане не бывает так вкусно, как здесь.

Находившийся рядом куст смородины только-только как начал цвести, поэтому был слышен гул пчёл, круживших вокруг него. Выпив водички из источника, Мехриддин соорудил из рюкзака подушечку и прилёг. Я тоже последовал его примеру. Высоко в небе светило яркое солнце, цвела смородина, гудели пчёлы, пахло травой – идиллия.

Я взглянул на дорогу, по которой мы поднимались. Как и все горные тропы, она сурово красива и непредсказуема. В любой момент камнепад («тарма» по-таджикски – *прим. автора*) может разрушить её, и кишлак окажется надолго отрезан от внешнего мира: другого пути нет. В старину так и бывало – запасались едой летом, а потом люди всю зиму жили в совершенной изоляции до весны.

Глядя на эту дорогу, я вспомнил случай, прочитанный в книге востоковеда и этнографа Михаила Андреева «Таджики долины Хуф». Расскажу вкратце, своими словами.

Это было давным-давно, то ли в конце девятнадцатого, то ли в начале двадцатого века.

Стоял жаркий августовский день. Около дюжины всадников-афганцев быстро, украдкой поднимались по дороге в Хуф. Эта была та же самая дорога, по которой мы совершали восхождение с Мехриддином. Руководил этой группой известный афганский бай Саидбек. Он ехал на рыжем коне впереди группы и, оглядываясь назад, часто повторял: «Не шумите, болваны».

Всадники поутихли: они побаивались своего предводителя. Саидбек был свиреп и безжалостен. Он был одет в черный шерстяной зипун. На голове – небольшой тюрбан темно красного цвета. Чёрная густая борода ниспадала на грудь. От постоянного курения банга белки его глаз всегда были покрасневшими. Когда Саидбек разговаривал, можно было заметить, что у него не хватало

двух передних зубов.

Приблизившись к кишлаку, всадники спешились и повели своих лошадей за уздечки, чтобы их не заметили из селения.

– Даврон, держи мою лошадь, – злобно крикнул Саидбек худому длиннолицему парню лет двадцати пяти, который постоянно находился рядом.

– Музаффар идёт со мной – остальные остаются здесь и без моей команды не двигаются, – свирепо добавил он.

– Итоат Соиб, итоат Соиб (Слушаюсь хозяин, слушаюсь хозяин – *язык дари*), – послышались тихие и робкие голоса афганцев и они, переговариваясь шёпотом, присели у своих лошадей.

Саидбек и Музаффар (парень с обритой наголо головой), пригнувшись и прижавшись к склону горы, воровато направились в сторону кишлака.

Саидбек – старый волк – хорошо знал, что сейчас в кишлаке мужчин нет. В это время, в середине августа, все они были на сенокосе. Спрятавшись за небольшой горный выступ и прищурив свои красноватые глаза, он стал изучать селение, как волк, выискивая себе добычу.

На крыше ближайшего дома какая-то старуха перебирала сушеные ягоды тута. Во дворе плакала маленькая девочка. В небогатом огороде к яблоне была привязана белая коза с полным выменем молока. На крики плачущего ребенка из чида (дома) выбежала красивая женщина на вид лет тридцати пяти. Она, видимо, куховарила, так как держала в руках деревянный половник. Из-под памирской тюбетейки выбивались огненно рыжие волосы.

У Саидбека загорелись глаза. Мысленно он

уже наметил себе цель и составил свой злодейский план. Он обратил внимание, что все дома располагались далеко друг от друга, и почти в каждом дворе была на привязи домашняя скотина. Вокруг можно было увидеть лишь женщин и молодых девушек. Мужчин не было видно совсем, если только не считать седого старика, сидевшего на бревне у дальнего дома и ножом вырезавшего деревянные ложки.

Саидбек взглянул на Музаффара и плетью указал на дальние дома, а затем той же плетью указал на него, что означало: «Эти дома твои». Парень молча кивнул.

– Назад, – тихо проговорил Саидбек. Музаффар подобострастно повиновался ему.

Когда они вернулись к группе, главарь быстро раздал всем указания. Разбойники оседлали лошадей и по команде Саидбека с дикими криками неожиданно налетели на кишлак. Своими действиями афганцы чем-то напоминали беспощадные татаро-монгольские орды.

В селении поднялся неистовый крик и плач женщин. Налётчики, как волки, сновали между домами и своими саблями разрубали верёвки, державшие на привязи скотину. Они хватали молодых девушек и всё, что попадалось им под руки: казаны, посуду, мешки с мукой и сушеными фруктами. Самой ценной добычей считались деревянные кадки с топлёным сливочным маслом.

Старика, сидевшего на бревне, кто-то пнул. Он упал и не мог подняться на ноги, а лишь приговаривал: «Э мардум, гас макинаф (О, люди, не делайте этого – *хуф. диал.*)!» – и слёзы катились по его морщинистым щекам. Но на него никто не обращал внимания.

Злодеи, боясь, что мужчины могут вернуться с сенокоса, трусливо оглядываясь в сторону гор, спешили побыстрее убраться.

— Назад, вниз, — послышался грозный голос Саидбека, который плетью начал стегать своих же сотоварищей. Поперёк его коня лежали набитые добычей мешки. К стремени он привязал ту самую рыжеволосую женщину, выбежавшую на крик плачущей девочки. Другие налётчики тоже вели на привязи молодых девушек и женщин, среди которых были и десяти-двенадцатилетние девочки. Они горько плакали, приговаривая: «Моди, моди, па, па» (мама, папа). Но бессердечные налётчики не проявляли ни малейшей жалости к бедным хуфцам. Они плетью, как стадо овец, погнали пленниц вниз.

— Едем в Вамар, — крикнул своим беззубым ртом Саидбек. — Гургбачча, Шикамба, — позвал он двух мужиков с ружьями в руках. — Останетесь здесь на полчаса на случай, если будет погоня за нами. Затем возвращайтесь в Вамар. Мы будем в доме у Мирзобека, у речки.

И вся свора воров-налётчиков направилась вниз, погоняя коров и коз вместе с бедными, горько плачущими пленницами. Громче всех рыдала рыжеволосая женщина.

— У меня остались маленькие дети, пожалуйста, отпустите меня, — умоляла она. Но вместо сожаления получила лишь удар плетью по спине.

Группа всё дальше и дальше удалялась от кишлака. Плач утихал. Погони не было.

С вашего позволения, дорогие мои читатели, я остановлюсь на этом месте, и мы вернёмся в опустошённый кишлак Хуф.

У старика высохли слёзы, хотя он продолжал беззвучно всхлипывать. Недоструганные ложки были разбросаны вокруг. Плачущие старушки и маленькие детки столпились вокруг него, как цыплята возле курицы, когда возникает опасность. Старик пытался всех утешить, понимая, какое ужасное горе настигло его односельчан.

– Зафар биц, – подозвал он к себе белобрысого мальчишку лет восьми, – беги наверх, позови мужиков.

Косцы добрались до кишлака только к вечеру и некоторые из них, издали заметив следы набега, побежали к своим разграбленным жилищам.

Я не буду описывать, что происходило в их сердцах. Видеть безутешно плачущих мужчин – это очень печальная картина...

Среди них особенно выделялся молодой крепкий парень с огненно-рыжими волосами. Его звали Садриддин. Оказалось, та рыжеволосая женщина, которую увёз за собою сам Саидбек, была его матерью, а седая старушка, перебиравшая тутовник на крыше дома, была его бабушкой.

– Моди! – ворвался он в дом и застал там трёх плакавших младших сестричек, самой старшей из которых было лишь пять лет. Они, онемевшие от страха, не могли выдавить и слова, а лишь указывали своими маленькими ручонками в сторону дороги, ведущей вниз. И только старшая из них приговаривала: «Моди, моди...».

Старушка безучастно сидела у кицора (очаг в доме-чиде) и что-то шептала себе под нос. Разум её помутнел от случившегося.

Садриддин тоже присел к кицору и горько заплакал. Сестрёнки, с мокрыми от слёз лицами и растрёпанными белокурыми волосами, при-

жались к нему. Парень не знал как их утешить. Девочки всегда верили, что их брат – самый сильный и смелый человек на свете. Они с мольбой заглядывали ему в глаза, как бы прося: «Ты ведь сильный, пожалуйста, верни маму». Сердце Садриддина сжималось от жалости и отчаяния, но вдруг, лицо его изменилось, глаза засверкали, и он вскочил на ноги.

– Гулчин, присмотри за сестрёнками, – обратился он к старшей и, резко встав, выбежал из дому.

Узнав, что налётчики ушли в сторону Вамара, он, не слушая никого, побежал по дороге вниз. Он бежал долго. Поздней ночью Садриддин наконец-то добрался до селения и разыскал дом Мирзобека у речки. Это было легко, так как ещё издали было слышно, что там идёт пир горой. До него доносились крики и песни под удары бубна.

У ворот дома стояли два наукара с саблями и ружьями.

– Пустите меня внутрь, – обратился он к ним.

– Мальчишка, да ты хоть знаешь, кто в этом доме отдыхает сейчас? Сам Саидбек из Султан-Ишкашима – гроза округи! Если тебе дорога твоя голова, убирайся отсюда да побыстрее.

– Именно он мне и нужен, его я и ищу, – смело ответил парень.

– Кто там так шумит? – послышался голос со двора. Из темноты появился хозяин дома, Мирзобек.

Охранники, завидев его, вытянулись по струнке и доложили о странном парне, требующем самого Саидбека. Мирзобек, предвкушая, как Саидбек расправится с этим жалким выскочкой, приказал его пропустить. Садриддин шагнул во двор.

— Ну что же, пойдем, смельчак, — хрипло произнёс толстый Мирзобек, с удивлением разглядывая хуфиджа. Они вошли в дом.

— Саидбек Сохиб, к тебе гость, — вежливо доложил хозяин.

— Этот дом твой, Мирзобек, и гости приходят к тебе, — пьяно произнёс главарь налётчиков, пережёвывая жирный кусок баранины.

— Извини, Сохиб, но он просит встречи именно с тобой, — продолжал Мирзобек.

Саидбек перестал жевать, приоткрыл свой беззубый рот и уставился на хозяина дома.

— Веди его ко мне, — рявкнул он.

После положенных приветствий Саидбек уставился на Садриддина и произнёс:

— Что тебя привело ко мне, о безумный юноша?

— Если я оказался перед тобой, Саидбек, значит на то была сильная нужда. Ты сегодня увёл много пленниц из моего кишлака, и среди них была моя мать. Я пришёл обменять себя на неё. Я — молодой и сильный парень и принесу тебе больше пользы, чем женщина.

Саидбек не поверил своим ушам, услышав дерзкие слова хуфиджа. Он привык, что люди его боялись, не осмеливаясь произносить вызывающие речи. От удивления он чуть не проглотил свой язык. Никогда прежде он не испытывал такого ощущения. Саидбек долго и молча разглядывал Садриддина, и что творилось у него в голове было для всех загадкой. Но иногда именно такие свирепые люди на какой-то миг прозревают, и в эти моменты жизни они могут совершить непредсказуемые поступки.

Вокруг наступила тишина. Все замолчали и

перестали жевать, ожидая, что скажет их предводитель. Большинство с радостью предвкушали казнь.

– Нет, ты мне не нужен живым. Я отпущу твою мать, но только при одном условии – отрубив тебе голову, – медленно произнёс афганский бай.

– Если сдержишь слово, как мужчина, то я согласен, – спокойно добавил Садриддин, вспомнив глаза своих сестрёнок.

Тут произошло неожиданное.

– Как зовут твою мать? – удивлённым голосом спросил Саидбек. Садриддин назвал имя.

– Приведите её сюда, – повелел он своим слугам. Её привели довольно быстро.

– Пуцик (сынок – *шугн.*), – бросилась она на грудь сына, и её плечи затряслись от беззвучного плача. Садриддин нежно гладил её рыжие волосы, но ничего кроме «моди, моди...». произнести не мог.

– Бери свою мать, смелый юноша, и отправляйся вместе с нею домой.

Вот так закончилась эта история, которая давным-давно произошла в кишлаке Хуф. Парень вернулся в селение с матерью, и люди потом долго пересказывали этот случай, передавая его из поколения в поколение...

Я оторвал взгляд от дороги и взглянул на Мехриддина, мирно посапывающего под смородиной. Будить его не хотелось. Я снова взглянул на старую горную дорогу. Именно по ней и вернулся домой Садриддин со своей матерью.

Через полчаса Мехриддин проснулся. Мы продолжили свой путь в кишлак. По дороге нам встретилось двое молодых парней, спускавшихся вниз. Они оказались знакомыми Мехриддина. Мы поздоровались, поговорили о том о сём и пошли дальше.

Когда подъём закончился и прямо у входа в кишлак началась ровная пологая дорога, нам повстречались мальчик с девочкой лет десяти-одиннадцати. У них были огненно-рыжие волосы, и я подумал: «А ведь они могут быть прямыми потомками того самого Садриддина». Во всяком случае, в этом кишлаке уж точно проживают самые близкие родственники того смелого парня.

«Красива Хуфская долина...».

23 декабря 2009 года

Платье цвета апреля

Н а крыльце у Хорогского университета стояла девушка в распахнутом пальто, из-под которого виднелось легкое платье цвета ранней весны.

Начало апреля. Деревья только-только распускали свои изумрудные листья – такие остренькие, ещё свёрнутые в трубочку. Светило яркое апрельское солнце со стороны Бар-Харага, но, несмотря на это, дул легкий, прохладный ветерок. «Весна», – подумала девушка в воздушном платьице и распустила свои кудрявые локоны поверх пальто. «Возможно, это моя весна», – тихо и смущенно проскользнула девичья мысль. В семнадцать лет так думают многие, тем более в апреле... Руки её машинально полезли в сумочку за зеркальцем и пудреницей. В отражении она увидела семнадцатилетнюю девушку с большими зелёными глазами, в которых трепетала волнующая надежда, и она произнесла: «Я встречу его, обязательно встречу. И именно в апреле...».

Он стоял под ещё не распустившим деревом, у аллейки со стороны Хукумата, и наблюдал за этой юной горянкой в легком платье. Сколько же ему было лет? Может, столько же, сколько и ей, а может, он был немного старше... Он думал: «Надо же, какая красивая... с запахом утренней розы, со сверкающими росинками...»

Девушка поправила свои отливающие атласом волосы, и ему почудилось, что он услышал запах горных цветов. Затем она достала из сумочки конспект и беззаботно присела на крылечко. Она положила тетрадку на чуть оголившиеся, сверкающие апрельской белизной коленки, и начала её листать. Фонтан её атласных волос пролился на конспект. «Present continuous, Present continuous…» – шептали её губы. Вдруг подул сильный ветер и качнулись ветви деревьев.

Мир стал ярче обычного.

Он почувствовал, как внутри груди пробежала волна – удар волны. Так бывает, когда влюбляешься. Влюбляешься внезапно.

И тут он подумал: «Вот она! Я могу быть счастлив только с ней. Это она! Только такой я её всегда и представлял…».

Девушка встала, отряхнула пальто и медленно направилась в сторону Чор-Бога. Издали она обратила внимание на парня, стоявшего под деревом. Их глаза встретились.

Она шла и думала: «Это лишь начало апреля. У меня ещё много времени. Я обязательно встречу его… Или он найдёт меня… Где же ты, мой единственный?».

Парень отчаянно думал: «Подойти? Не подойти? А что она подумает?».

Нет, не решился. Он отложил встречу со своим счастьем на следующий день: «Завтра приду сюда снова».

Но ни на следующий день, ни потом он её так и не встретил.

Он отложил эту встречу до следующего апреля…

А та девушка каждую весну произносит: «Это моя весна, в этот раз я уж точно встречу его…».

10 ноября 2010

Джурахон Маматов
ПАМИРСКИЕ РАССКАЗЫ
Часть 2

+ДА

Издательство +ДА
Plusda Publishers
www.plusda.com

В полдень

Л етний зной июля. Полдень в Душанбе как
испанская сиеста. От жары воздух кажется лимонно-оранжевым. На улицах тихо,
даже чинары и тополя не шелохнутся: у них тоже
сиеста. Редкие прохожие стремятся перебежать в
тень и побыстрее заскочить куда-нибудь внутрь,
где немного прохладнее.

Я прошёл мимо кинотеатра «Ватан» и повернул направо, в сторону «Ослиных ушей». После
долгой разлуки я снова в Душанбе. Просто гуляю
по улицам и впитываю в себя тепло города. Воздух
родины насквозь пропитан жарким солнцем. Горячие лучи уже более щедро заливают полдень
золотом, и воздух из лимонно-оранжевого пре-
вращается в золотой. По желобкам, вдоль аллеи, с
тихим журчанием течёт прозрачная вода. У остановки, недалеко от магазина «Голубой экран»,
стоят несколько женщин. Я прохожу мимо и вдруг
чувствую на себе пристальный взгляд одной из
них. Я оглядываюсь – её чёрные глаза удивлённо
и не мигая смотрят на меня. Первая проскользнув-
шая мысль: «Зарина?» – но я не останавливаюсь.
Следующая мысль: «Не может быть, пятнадцать
лет прошло». Пройдя несколько шагов, оборачи-
ваюсь снова. Она, прищурившись и чуть накло-
нив голову, приглядывается.

– Это ты?..

– Зарина?

– Да! – Она, быстро положив свою сумочку на
скамейку, раскинув руки, бежит в мою сторону, но
на полпути, опомнившись, смущенно останавли-
вается…

И пятнадцати лет как не бывало. Передо мной

всё та же юная студентка-однокурсница, с которой мы съели не одну тонну шоколадного мороженого в «Восточном кафе». Она всё такая же экспансивная и эмоциональная.

Вот за что я люблю город Душанбе, так за его чинары, которые придумали себе сиесту в полдень. За то, что просто гуляя по улицам, ты можешь встретить юные, чёрные как уголь глаза из далёкого прошлого…

9 декабря 2010

На перевале Фахрабад

Текст посвящается всем, кто когда-то жил в Таджикистане, но был вынужден покинуть его по разным обстоятельствам.

Ранним утром, в начале апреля, в один из воскресных дней я пешком поднялся на перевал Фахрабад, расположенный недалеко от Душанбе. Раньше, в советские времена, мы ходили туда вместе с друзьями – Лёней Ярошенко, Русланом Синдаровым и Мухиддином Дадахановым. Но все поразъехались, и теперь они живут далеко за пределами Таджикистана.

Склоны гор были покрыты сплошным ковром из красных маков. Кое-где среди алых цветов виднелись темно-синие, чуть склоненные головки колокольчиков. Трава была ещё покрыта росой, и её мелкие бусинки, играя всеми цветами радуги, отражали лучи утреннего солнца.

Взглянув на левый склон, я заметил мальчишку в темном трико и красной майке. Он пас небольшое стадо коз. Увидел я его не сразу и именно из-за майки, цвет которой сливался с фоном из ярко-алых маков. Взмахнув рукой, я поприветствовал его. Он тоже ответил мне взмахом руки.

Я продолжил свой путь дальше, вдыхая утренний воздух гор.

Добравшись до вершины, а это 1245 метров над уровнем моря, скинув рюкзак, я присел на мягкую апрельскую травку. С вершины был виден почти весь город Душанбе. В утренней дымке серебрилась ниточка речки Каферниган. Небо было совершенно синим, без единого облачка. Лишь весенние ласточки стремительно прочерчивали на нём свои замысловатые линии. Я внимательно прислушался к окружавшей меня тишине, и вдруг мне показалось, что она беседует со мной своим тайным языком символов.

— Ты прекрасна, моя земля, — мысленно произнёс я.

— Я прекрасна всегда, ведь я — твоя Родина, — тихо прошептала она.

— Я рад, что ты у меня есть, хоть ты истерзана войной и разрухой... и слаба.

— Эх ты, глупец... Разве это может навредить мне? Я не меняюсь, я ведь природа. Я никогда не воюю и безукоризненно следую своему предназначению — расцветаю весной, нагреваюсь и золочусь летом, осенью делюсь своими дарами, а зимой засыпаю и отдыхаю. И так всегда, потому что я следую Божьим законам. А на счёт слабости, тут ты вовсе не прав. Я ведь Земля и всегда сильна, а слабы люди живущие на мне. И войны, и разрухи – это тоже их рук дело.

Потом наступила тишина. Я прилег на травку, подложив под голову рюкзак. Высоко в небе парили орлы, широко раскинув крылья. Это выглядело удивительно красиво. Они парили без единого взмаха. «С высоты им лучше видно, насколько прекрасна наша земля», — подумалось мне.

— Да, я действительно красива, — смущенно прошептала земля, снова возобновляя наш диалог.

— Слушай, а я вот часто общаюсь с людьми, покинувшими тебя. Как ты относишься к ним?

— Я люблю их, как Мама любит своих детей. Ведь я вырастила их, они дышали моим воздухом, питались моими плодами, сидели под моими деревьями. Под покровом моей ночи они впервые сму-

щенно целовались. И никто, кроме меня, это не видел. Я храню их тайны. Они – есть часть меня, мои частички, разбросанные по разным уголкам мира. И внутренне они всегда помнят, что являются детьми этой земли. Навсегда.

– То есть они ментально – горцы?

– Называй их как хочешь. А давай назовём их «Дети Гор».

– Согласен – красиво.

– Они и сами порою ловят себя на мысли, что они немного другие – слегка отличаются от тех, с кем сейчас проживают. Эта разница и есть мои отпечатки, мои «опознавательные знаки». Я их навсегда закодировала Детьми Гор...

Затем наступило молчание.

Солнце поднялось высоко. Утренняя дымка полностью исчезла, и с противоположной стороны чётко прорисовывались силуэты Варзобских гор с зелёными пятнами весенней травы на фоне красных проталин. По Фахрабадской дороге зачастили машины, ехавшие со стороны Курган-Тюбе. Я открыл рюкзак и вытащил уже остывшую лепешку, которую купил по пути, на Саховате, у молодой девушки-узбечки из колхоза «Россия». Какая же вкусная эта лепёшка, посыпанная кунжутными семенами...

Вокруг меня колыхались алые маковые ковры. Подул тёплый ветерок, нежно касаясь верхушек трав и превращая их в зелёные волны. Природа дальше продолжала свой шифрованный разговор со мной, но мне было лень переводить этот язык на обычный, хотя подсознательно я чувствовал, что она пыталась донести до меня что-то очень главное...

По дороге назад, во время спуска, я снова повстречал мальчишку-пастуха. С близкого расстояния я заметил, что козы, которых он пас, были ангорские, с длинной и совершенно белой шёлковой шерстью.

– Ассалому алейкум, ака, ту варзишгар асти (Здравствуй, брат, ты что, спортсмен что ли – *тадж.*)? – весело спросил мальчишка. Видимо, он так подумал, увидев моё спортивное снаряжение.

– Ман кухро дуст медорам, бародар, худат шояд мухлиси варзиш асти (Я просто люблю горы, братишка, а вот ты, наверное, любитель спорта – *тадж.*)? – поинтересовался я, указывая на надпись «Леонель Месси» на его красной футболке.

– Ман мухлиси тими «Барселона» астам, футболро дуст медорам (Я болельщик команды «Барселона», я люблю футбол – *тадж.*), – весело ответил он.

Нам было по пути, и мы некоторое время шли вместе вдоль дороги, разговаривая о футболе. О «Барселоне» он знал почти всё.

Крупный вожак-самец с большими закрученными рогами уверенно шествовал впереди козьего стада. Он, видимо, знал уже дорогу наизусть, и козы мелко семенили за ним.

Когда дошли до поворота в сторону его кишлака, он вежливо произнёс традиционное:

– Чой тайёрай, ака, биё хона мехмони меравем, (Чай готов, брат, пойдём к нам в гости).

– Рахмат, бори дигар, бародар (Спасибо, в следующий раз, братишка).

Мы тепло попрощались, и я отправился дальше. Движение транспорта становилось всё интенсивнее. Я шёл вдоль ивовых деревьев со склонёнными до самой земли зелёными ветвя-

ми. Казалось, что они поклоном приветствовали меня. Я пешком добрался до поста ГАИ, а там сел на попутную машину, за рулём которой был пожилой мужик в чапане и тюбетейке. Оказался он из Ильичёвского района и в тот воскресный день ехал в гости к своему брату, проживавшему где-то на Водонасоске.

Я вышел на Гулистоне. У огромной цветочной клумбы, напротив цирка, цвели красивейшие чайные розы. Из подземного перехода, смеясь, появились девушки. Одна – в национальной одежде, другая же была одета по-европейски. У той, что была в традиционном платье, зазвонил мобильный. Чуть замедляя ход, она ответила:

– Далер, конспекти маро имруз биёр. Фирузаро бигу туфлихои, ки вай пурсида буд, дар «Корвон» ёфта мешавад (Далер, принеси мне сегодня мой конспект и скажи Фирузе, что те туфли, которые она просила, можно найти в «Корвоне» – *тадж.*).

Дойдя до остановки, они остановились и стали ожидать свой транспорт. Я поймал себя на мысли, что невольно любуюсь этими юными девушками. Однако, как же красиво весной в Душанбе…

И мне вспомнился язык символов природы, услышанный сегодня на вершине Фахрабада. Солнце, горы, весна, апрель, ласточки в небе, мальчишка-пастух и эти две юные красавицы говорили мне о том, что всё будет прекрасно…

13 ноября 2010 года

Дыня

На земле, вернее на сене, лежали зеленошкурые зимние дыни с грубой рифлёной поверхностью, а рядом, на картонной бумаге – разрезанные дольки, сверкающие янтарём на декабрьском солнце. Базар был полон снующим народом. Туда-сюда, туда-сюда. Стёганные чапаны, пальто, калоши. Слышатся имена: Зарина, Парвина, Наргис. В воздухе кружится запах лимона.

А дольки дыни, ближе к кожуре, сверкают белизной, а выше становятся всё прозрачнее и прозрачнее, и на самой верхушке виднеются мелкие жёлтые семечки. Живой жёлтый мармелад...

Вечерний базар. Декабрь. Сумерки наступают быстро. А янтарные дольки светятся в наступающей темноте. Лучатся аппетитно, маняще... Почему они светятся? Ах да, ведь дыня всю осень впитывала в себя лучики солнца, и теперь настало время ими поделиться – согреть жилища и в сумерках 31-го декабря искриться на новогоднем столе, делая праздник ещё ярче, ещё янтарнее...

4 декабря 2010 года

Город

Он плыл по небу, как Ковёр-Самолёт. Плыл весело и плавно, сверкая и дыша жарой — весь такой золотой-золотой. Иногда, замедляясь, он оглядывался по сторонам: внизу проплывали моря, леса и степи, но ничто не трогало его сердце. И вот он достиг подножия высоких гор и почувствовал трепет: вершины манили его. Он сделал несколько кругов в поисках площадки для посадки, да и передохнуть не мешало бы, всё-таки провел в небе уже немало дней. Прежде чем приземлиться, он спросил у стаи орлов, парящих рядом:

— Что за прекрасная долина прямо под нами?

— Гиссарская, — дружно выкрикнули орлы.

— Удивительной красоты долина, да и название такое милозвучное.

Он лихо дал правый крен и шумно, с шелестом, приземлился на приглянувшееся место.

— Здравствуй, Прекрасная Долина, — воспитанно поприветствовал он.

— Добро пожаловать! — с радушием отвечала Долина. — Ты кто такой?

— Я Город, я – Душанбе, — звонко и молодо отрекомендовался он.

— Ну, располагайся, располагайся.

И он как-то величаво и основательно начал устраиваться среди серебристых тополей, изумрудных чинар и прозрачных холодных рек. И чуть-чуть прихлопывая себя по бокам, отчего даже тополиный пух весело завертелся вокруг, он довольно удобно расположился, растянувшись на всю долину. «Пусть себе устраивается, раз ему здесь нравится, — размышляла Долина. — По характеру он весел и радушен, довольно чист и опрятен и, не скрою, по-восточному красив. Во всяком случае, некоторые без памяти и навсегда влюбляются в него. Есть тому доказательства...».

20 декабря 2010 года

Зелёный базар

В майский полдень мы приземлились в душанбинском аэропорту. Выйдя из самолета, мы сразу же вдохнули пахнущий сухой травой таджикский воздух, который мгновенно всколыхнул память прошлых лет. Персонал аэропорта на удивление оказался вежливым. Мы сели в машину и поехали по тенистым улочкам Душанбе под высоченными чинарами. Я специально попросил водителя не спешить. Мы двигались по улице Титова, потому что мне нужно было через «Текстильку» попасть на улицу Негмата Карабаева.

Стояла жара, и улицы пустовали. Слева от меня в тени прогуливались молодые девушки, кажется, студентки. У тех домов, где когда-то проживали лётчики нашего аэропорта, я заметил спонтанно организованные овощные ларьки, где в основном продавали свежайшие помидоры и огурцы. По цвету было видно – только что с грядки. Открыв окно, я вдыхал запах Душанбе. Пахло акацией, нагретым асфальтом и горячими лепёшками – всем вперемешку. И мне показалось, что я из Душанбе никогда и никуда не уезжал...

Ближе к вечеру, когда тени от девятиэтажек удлиняются и достают почти до речки, я вышел на прогулку вдоль Душанбинки. С реки дул прохладный майский ветерок. Внизу, у берега, сидел загорелый мальчишка лет тринадцати и рыбачил. На нём были лишь шорты синего цвета. Поравнявшись с ним, я прислонился к бетонным периллам и стал наблюдать. Паренек сидел ко мне спиной, не догадываясь о моем присутствии. Течением быстро уносило поплавок его камышовой удочки, и он снова и снова забрасывал её в воду. Справа от него стояла прозрачная синяя пластиковая пятилитровая бутыль из-под минералки со срезанным верхом. В ней, в слегка глинистой воде, плавало несколько рыбёшек. Я не смог разглядеть издали, что это были за рыбки, кажись, плотва. Хотел уточнить у мальчишки, но потом передумал: весенние воды Душанбинки создавали сильный шумовой фон и, думаю, он бы меня всё равно не расслышал.

Мимо пробежали трое подростков в спортивной форме. Один из них был одет в тобок. Наверное, это были ребята из секции тейквондо.

Вечерело. Вдоль речки начали прогуливаться парочки. Я, мысленно пожелав мальчику-рыбаку удачи, направился дальше в сторону моста по дороге, которая ведёт к «Текстильке». Пахло влагой Душанбинки. Мирный, спокойный Душанбе...

На следующий день я зашел на «Зелёный Базар». В мясном отделе крытого павильона продавали самодельные колбасы из индюшатины, курицы, говядины и баранины. Ну оооччееенньь вкусные, с настоящим мясом.

Я прошёлся по отделу с сухофруктами в поисках специального сорта кураги, который называется «кандак». Это абрикосы, высушенные естественным образом, без использования двуокиси серы. Сладкие как сахар. Нашёл. За прилавком сидел пожилой, но бойкий мужчина в стёганом темно-зеленом чапане и тюбетейке.

— Ты ищешь «кандак»? Подходи ко мне! — весело произнёс он.

Я понятия не имел, как он догадался, что я ищу «кандак». По акценту я подумал, что он из Ленинабада. Точно! Оказывается, из Исфары. Я попробовал курагу и про себя сразу решил, что куплю её. Сказочно сладкий «кандак»! Но для порядка начал торговаться: на то он и базар.

— Сделаешь скидку, куплю у тебя.

— А сколько возьмешь? Чем больше купишь, тем больше скидка, — хитро начал торговец.

— А сколько стоит килограмм?

— Восемнадцать сомони.

— Давай по пятнадцать! Куплю три кило.

— Хорошо, бери по шестнадцать. Только для тебя! — лукавил продавец.

— Уговорил.

Честно говоря, такой «кандак» я бы купил в любом случае, даже если бы он не уступил в цене. Уж больно хороша была его курага.

Выйдя из павильона, я повернул налево и прошел мимо красиво выстроенных в ряд, откалиброванных лимонов. Пахло цитрусами. После них на прилавке кучками громоздилась свежайшая черешня. Крупная, двух сортов: бордовая и желто-красная. Но так как я уже купил черешню на «яккачинарском» базаре, я прошёл дальше к корейским салатам. Я их очень люблю и всегда покупаю именно на «Зелёном базаре». За прилавком стояли две женщины — кореянка и девушка-таджичка. И у той, и у другой торговля шла очень бойко. У кореянки (кажется, она назвалась Ларисой) я купил фунчозу, рыбу «хе» и солёные баклажаны. А у таджички приобрел «чимчу» и салат из капусты и огурцов. На вкус они были восхитительны.

Дальше продавали чакку и зелень. Женщинапродавец начала уговаривать меня снять пробу, чуть ли не под нос тыча мне ложку. Попробовал. Действительно, вкусная. Немного поколебавшись, купил и чакку. Оказалось, что не зря. Уже дома сварганил из нее окрошку... Просто чудо!

В заключение скажу, что в Душанбе можно жить, если есть нормальная работа и деньги. Но не хлебом единым жив человек. Меня больше радовало то, что я находился среди своих родственников и старых гостеприимных друзей. Ночи напролёт мы сидели за дастарханом и никак не могли наговориться, и чаще всего можно было услышать: «А помнишь?..».

23 октября 2010 года

Вечера сейчас в Душанбе очень красивые. Везде горят лампы и неоновые огни. Я заметил это, прогуливаясь по Негмата Карабаева от Молодёжного Театра до Цирка. Вообще-то, площадку перед Цирком можно назвать Арбатом на «Гулистоне». По вечерам там собирается много молодёжи и семейных пар с детьми. Кто-то катается на роликах, а кто-то просто сидит на зелёной травке. Слышна и русская речь.

Проходя мимо цирка, я заметил резвящихся на травке детей, и от «растревоженной» майской зелени пахло, как после сенокоса. Удивительный аромат!

У остановки сидела молоденькая рыжеволосая девчушка-таджичка и торговала полосатыми семечками в бумажных кулёчках.

С противоположной стороны, со стороны «Гулистона» (там сейчас супермаркет с российскими продуктами), шёл ароматный запах кур-гриль. Слева, прямо у входа в магазин, на лотках были разложены свежевыпеченные лепёшки, пахнущие кунжутом. Несмотря на поздний вечер, магазины ещё работали.

На лицах людей не было прежней угрюмости и безысходности – наоборот, они улыбались. В их глазах можно было заметить едва уловимый оптимизм и блеск. «Несмотря ни на что мы выдюжили, пережили и не сломались. Теперь нам ничто не страшно. Мы есть, есть Душанбе, есть Таджикистан!» – это читалось в поведении современных душанбинцев.

Несмотря ни на что на планете Земля, в её северном полушарии, в азиатской его части, среди величественных гор ютится красивая страна с добродушными людьми, которая строит своё будущее невзирая ни на что. И каждый, кто когда-то там родился, прожил, провёл незабываемые годы, может гордиться тем, что Таджикистан – его (её) Родина.

И поверьте, простой народ, соль этой земли, всегда рад любым гостям – и бывшим землякам и тем, кто впервые оказался в этой горной стране, от которой всегда пахнет Солнцем, чинарами, персиками, инжиром, детством, юностью... и первой любовью.

24 октября 2010 года

1

Утренний холодный ветер сдул с головы Барсины покрывало из тонкой китайской шерсти, и её распущенные каштановые волосы растрепались на ветру. Девушка не обращала внимания ни на холодный ветер, ни на то, что оказалась без платка. Она тревожным взглядом наблюдала за горсткой воинов-македонцев, внезапно оказавшихся на краю их неприступной скалы – Согдийской Скалы. Это означало лишь одно – плен и неизвестность. Быть пленницей в четырнадцать лет Барсине не хотелось.

Она медленно присела на лежавшую рядом кучу хвороста из сухого можжевельника, начав крутить серебряный браслет на левом запястье. Она всегда это делала в минуты волнения. Ветер трепал подол её зелёного платья и тонкие шёлковые шаровары, обрисовывая стройные ноги юной согдианки. Она даже не почувствовала, что её кожаные сандалии утонули в ещё не растаявшем весеннем снегу. Неподалеку лежал выпавший из руки белесый кожаный бурдюк с тёплой водой, которой она хотела ополоснуть лицо. Небо над головой было затянуто тёмными предрассветными весенними тучами.

В каменной крепости забегали воины-лучники, готовясь к обороне. Однако командовавший повстанцами Ариомаз повелительно поднял руку, и воины замерли в ожидании. Ариомаз жестами подал знак своим помощникам, который означал: готовиться к переговорам…

…Барсина быстро забежала в женскую половину крепости, где в очаге горел огонь, и над ним уже пенился медный котелок с молоком.

– Состриги мне волосы, – с волнением попросила она свою старшую сестру Статипру, только что проснувшуюся и не ведавшую об опасности.

– Зачем? – в недоумении уставилась она на Барсину.

– Так надо! Быстрее, пожалуйста.

Зная нрав сестры, Статипра быстро сбегала за ножницами и молча начала состригать волнистые локоны Барсины, которые, красиво завиваясь, бесшумно падали на холодный каменный пол.

– Теперь найди мне, пожалуйста, мальчишескую одежду…

2

Эти строки я написал сразу же после прочтения текста из Википедии о захвате Согдийской Скалы воинами Александра Македонского. В ней подробно описано, как покорили этот непреступный утёс, на котором укрывались и оборонялись бактрийцы. Среди повстанцев находился и хорошо известный бактрийский вельможа Оксиарт со своей семьёй. Повстанцы были уверены в неприступности своего укрытия, так как взобраться на вершину можно было лишь по высоким отвесным скалам, да и запасы продовольствия позволяли им держать долгую осаду. Каково же было их удивление, когда они увидели воинов-македонцев на вершине своей непреступной скалы.

Оксиарту не удалось договориться с Александром о предоставлении ему и членам его семьи возможности беспрепятственно уйти. После переговоров они сдались на его милость и оказались в плену...

Александр, увидев юную дочь Оксиарта – Роксану (Рухшону, по-таджикски – *прим. автора*), влюбился в неё. Они поженились – это неопровержимый исторический факт. Сам Оксиарт (отец красавицы Роксаны) был назначен сатрапом.

Какова же судьба остальных повстанцев, никто точно не знает. Историки здесь расходятся во мнениях. По одним источникам зачинщики были распяты у подножия скалы, по другим – они были отданы в пленение народам завоёванных городов.

3

Героиня моего рассказа, Барсина, оказалась единственной девушкой, которая избежала судьбы остальных пленниц. Под видом подростка-мальчика ей удалось убежать к своим дальним родственникам в уже завоёванный македонцами город Александрия Эсхата (нынешний Худжанд). Судьба её оказалась счастливой. Она вышла замуж за своего соплеменника, согдийца Парсиана, нарожала ему детей и в глубокой старости, медленно вертя тот самый серебряный браслет на левом запястье, рассказывала своим внукам историю захвата Согдийской Скалы. Затем её следы затерялись в глубокой древности…

И мне кажется, кто-то из ныне живущих таджиков может гордиться поступком и смелостью своей далёкой и отважной пра-прапра-пра-пра-пра-прабабушки.

Вот такая вот живописная картина предстала перед моим взором после прочтения этого исторического текста из Википедии. Отчётливо и ясно я представляю вертящую свой серебряный браслет Барсину в то весеннее утро в горах. Я вижу её развивающиеся на утреннем ветру темные локоны и чувствую холодный горный ветер и запах талого снега из того далёкого далёка. Вижу, как в юном волнении она присаживается на кучу хвороста, от которой идёт ароматный запах можжевельника...

Вот такую вот особенность имеет память человека. Генетическую память...

11 декабря 2010 года

Мгновения апреля

Накрапывающим дождём прибило к асфальту апрельскую пыль. Сначала на нём появились мелкие тёмные точечки, а потом поверхность его потемнела и появился запах мокрой пыли. Воды Душанбинки сразу проглинились и бурно загудели. Раздались глухие звуки: тёк, тук, ток – открывались пёстрые зонты. Над трубами ТЭЦ висели облака, а над варзобскими горами было чистое синее-синее небо, а на нём – Каждый Охотник Желает Знать, Где Сидит Фазан. Красный, Оранжевый, Жёлтый, Зелёный, Голубой, Синий, Фиолетовый – апрельская радуга.

И в душе беспричинная радость. Весна…

Вдоль Душанбинки по дорожке пробежала юная девушка с прилипшими к лицу мокрыми рыжими волосами и сияющим взглядом. Влюблена? Проходя мимо, она наклонилась и стыдливо потянула вниз подол мокрого, прилипшего к юному телу, платья. Я улыбнулся ей и, чтобы не смущать, намеренно отвернулся.

По дороге промчались мальчишки на сверкающих от дождя велосипедах, насквозь промокшие.

– Парвиз – до моста и обратно.

– Нет, давай дальше!

Воздух пахнет цветами, травой, мокрой землёй. Так бывает только в апреле.

Отчего так радостно?

Ах, да, я ведь в Душанбе…

17 декабря 2010 года

Гроза в Душанбе

Ранним майским утром после сильнейшей грозы по улице Ленина со стороны «Нагорного» текла самая настоящая река из глины. Мутная вода покрыла все тротуары и останавливаться не собиралась.

Троллейбус затормозил напротив чайханы «Рохат». Водитель открыл двери, но пассажиры выходить не решались: вода доходила почти до колен. Ладно бы просто вода, по течению неслись разные щепки и крупные ветви, о которые можно было сильно оцарапаться.

Я опаздывал на первую пару. Предстоял зачёт по фонетике английского языка. Немного поколебавшись, разулся, снял носки, закатал джинсы и вышел из задней двери троллейбуса №1. Вода была прохладная. Я медленно побрел в сторону пединститута. На остановках, взобравшись на скамейки, люди дожидались транспорта, а может, и вообще – отлива воды. Вокруг, как это всегда бывает в моменты природных буйств, царило всеобщее оживление. Доносился заметный, беззаботный студенческий смех. Несмотря на то, что ливень уже прекратился, с молодых листьев чинар прямо за шиворот капали крупные холодные капли дождя. Воздух пропитался озоном, и дышалось особенно легко. Я оглянулся вокруг и заметил, что таких «безумцев», как я, оказалось ещё несколько – это были студенты. Мы дружно шлёпали по воде, подбадривая себя шутками.

Дойдя до здания «Пожарки», я пересёк улицу и оказался напротив нового корпуса пединститута, между тротуаром и крыльцом которого образовался настоящий бассейн. Кроме как вплавь, добраться до крыльца было невозможно. Неподалёку, на небольшом островке сухой земли под склонёнными ветвями ивы я заметил девушку, беспомощно глядевшую по сторонам. Голова моя была забита мыслями о предстоящем зачёте, поэтому я, не поднимая глаз, прошлёпал мимо, но пройдя несколько шагов, остановился и обернулся в её сторону. Девушка была похожа на русскую, с красивыми зелёными глазами. Они были не просто зелёные, а сверкали как тысячи изумрудов – такие лучистые, искрящиеся. А может в них отражалась весна?

– Помочь перейти? – с улыбкой спросил я её.

– А вода не холодная? – смущенно спросила она.

По тону её голоса я понял, что она стесняется попросить помощи. До начала зачёта оставались считанные минуты, и мне не хотелось опаздывать.

Я уверенно подошёл к девушке и, не успела она опомниться, как я поднял её на руки и, мысленно удивившись её легкости, по щиколотки в воде вброд добрался до крыльца. От её влажных волос пахло весенним дождём. Небольшой бежевой сумочкой она пыталась прикрыть чуть оголившиеся, сверкающие белизной коленки. «Очередной мой безумный поступок за сегодняшнее утро», – пронеслось у меня в голове.

– Спасибо, – тихо прошептала она смущенным голосом.

Добравшись до крыльца, я опустил её на первую ступеньку и, не оборачиваясь, быстрыми шагами пошёл в сторону третьего корпуса и лишь на первом этаже натянул на влажные ноги носки и обулся. К зачёту я успел.

Позже я частенько встречал эту зеленоглазую

девчонку во дворе пединститута или в читальном зале библиотеки. Только нам понятными взглядами мы приветствовали друг друга. Между нами была неуловимая связь. Никто даже не догадывался о нашей игре. Никто, кроме майской грозы, мокрых чинар и весенних вод города. Но они тоже игриво молчали...

Вот такой вот был месяц май в Душанбе в девяностом году.

Эпилог

Как-то уже в жаркий июльский день она подошла ко мне во дворе института. Она была в легкой сиреневой блузочке и длиной ситцевой юбке цвета морской волны. Её слегка волнистые, светлые волосы были заплетены в нетугую косу и почти распущены. На щеках играл легкий румянец. Изумрудные глаза её были немного смущены.

– Привет.

– Привет.

– Хочу попрощаться с тобой, – улыбаясь произнесла она. – Я досрочно сдала все зачёты и экзамены, уезжаю в Германию.

– По туристической путёвке, что ли?

– Нет, по программе. Мои родители родом из Германии, то есть мы – немцы. Сейчас все немцы уезжают назад на Родину.

– Да, – тихо произнёс я. Я не знал, что еще добавить. Просто смотрел в эти зелёные глаза с какими-то неуловимо волнующими лучами.

– Я буду скучать по душанбинским грозам и... – не договорила она. Шумной гурьбой к нам подошли её подруги, и она, тихо произнеся «прощай», направилась с ними к остановке, в сторону кинотеатра «8-ое Марта».

Иногда так бывает, что какие-то значимые события и их детали стираются из нашей памяти, а вот такой обычный день, весенняя гроза, холодные капли дождя, падающие с листьев чинар... и чьи-то зелёные лучистые глаза врезаются в память навсегда.

28 ноября 2010 года

Душанбе, апрель

Иногда в апреле в Душанбе бывают такие жаркие дни, что кажется, уже наступило лето. В один из таких солнечных дней я сидел под чинарами у главного корпуса пединститута. Ярко светило солнце, и за окном буйствовала весна. Сквозь молодые изумрудно-зелёные листья чинары пробивались весенние лучи, и я даже в тени чувствовал их тепло. Только что закончилась третья пара, я сидел и раздумывал, в какую же сторону мне идти – то ли к троллейбусной остановке, то ли в сторону кинотеатра «8-ое марта», то ли направится к ЦУМу. Решил пройтись по последнему маршруту.

Вы когда-нибудь гуляли в яркий солнечный апрельский полдень по аллеям вдоль проспекта Ленина в Душанбе? Нет?! Тогда вам будет трудно меня понять... Это настоящая ярмарка красавиц. К этому часу заканчиваются лекции как в мединституте, так и в пединституте, и вся аллея – от «Водонасоски» и аж до самого «Зинната» – заполняется красивейшими студентками. Тут и таджички, и узбечки, и русские, и осетинки, и армянки, и казашки, и кореянки. Давайте лучше скажу так: здесь просто душанбинки. От разноцветья нарядов рябит в глазах. Можно увидеть всё – от таджикских национальных атласных платьев до утонченных европейских нарядов. И царит на улицах удивительная атмосфера веселья с беззаботным студенческим смехом.

Пройдясь до Экомпта (бывший Дом Политпросвещения), я встретил Зарину и Дильбар – моих однокурсниц. Они с небольшой группой подруг фотографировались у только что запущенных фонтанов. Это было излюбленное место всех студенток. Вокруг фонтанов распустились розы разных цветов и оттенков: бордовые, жёлтые, белые, жёлтые с красными краями лепестков...

– Джура, давай к нам, – крикнула Зарина.

– Нет, не хочу портить вашу девичью компанию, – отшутился я.

– Ну, тогда подожди, у меня к тебе дело, – попросила Зарина.

Подул слабый ветерок со стороны фонтанов, и меня обдало прохладной водяной пылью. Я присмотрелся к струям воды и разглядел едва заметную радугу.

Девушки сделали ещё несколько снимков, после чего фотограф протянул одной из них квитанцию. Зарина подошла ко мне и начала разговор.

– Послезавтра у нас зачёт по грамматике английского языка, и Галина Сергеевна сказала мне, что не допустит меня к экзаменам, если я не сдам его.

Зарина была одной из самых красивых девушек на нашем курсе, но не самой успевающей студенткой. Девушка способная, но немного ленивая. Она повсюду носила за собой плеер и очень любила слушать песни Стинга, группу ДДТ и Далера Назарова.

– И что? Ты хочешь, чтобы я объяснил тебе всю грамматику за один день? – с улыбкой поинтересовался я.

– Да нет же, только перфектные времена.

– Ну, это я тебе быстро разъясню пока дойдём до остановки, – согласился я.

Такой девушке, как Зарина, было очень трудно отказать. Она была немного похожа на индийскую

красавицу, киноактрису Айшварию Рай. Такая же чуть вздёрнутая чувственная верхняя губа, светлолицая, но с чернющими сверкающими глазами. Красивые темно-каштановые волосы заплетены во французскую косу. В тот день на ней было атласное зелёно-жёлтое платье с короткими рукавами.

— Ну, тогда давай пройдёмся пешком до ЦУМа, — предложила она.

Мы влились в общий поток студентов и медленными шагами направились вдоль аллеи. Её подруга Дильбар тоже присоединилась к нам. Пока шли, я пытался объяснить особенности перфектных времён в английском языке. Зарина часто кивала головой, но никаких вопросов не задавала. С противоположной стороны улицы, от магазина «Ригонда», дорогу перебежали мальчишки и стали предлагать проходящим мимо студентам фисташки, нанизанные на ниточки.

— Ака, барои духтарои хушруда бигир (Брат, купи для красивых девушек – *тадж.*), – пристал один из них ко мне. Пришлось купить три ниточки фисташек у этого начинающего смышленого мальчика-бизнесмена. Орешки были жареные и соленные и только раздразнили наш аппетит.

Тут мы как раз дошли до остановки, расположенной напротив «Чайханы Рохат». Возле неё продавала самбусашки женщина средних лет. Студенты знали её очень хорошо – она часто бывала и у пединститута со своим деревянным лотком, полным горячих мясных пирожков. Студенты её называли Апаи-Хасият. Я купил у неё несколько самбусашек с ароматом зиры. У «Зинната» Дильбар попрощалась с нами и повернула в сторону Путовского рынка.

Вместе с гурьбой других студентов мы перешли дорогу в сторону Художественного Салона.

– Зайдём на минуточку, – попросила Зарина улыбаясь.

– Давай, – невесело согласился я.

Почему-то всем девушкам очень нравилось там бывать. Они подолгу могли разглядывать декоративные изделия из серебра и мельхиора. В салоне можно было найти красивые серёжки и кольца, изящно выполненные кустарными мастерами. Я терпеливо стоял рядом с Зариной, пока она с интересом изучала всю эту бижутерию. К моей радости мы вышли оттуда примерно через четверть часа (это недолго) и снова оказались на весенней улице.

Прямо на перекрёстке стоял всем известный Старик-Дервиш (как я его называл), одетый, несмотря на жару, в стёганный чапан. На голове его возвышалась белая чалма,на груди – куча всяких орденов наряду с разными значками и нашивками. Никто на него уже давно не обращал внимания: он давно уже стал достопримечательностью города. Стоит себе, как гаишник-регулировщик посреди перекрёстка, и никому не мешает.

Мы повернули в сторону ЦУМа. В подземном переходе я купил кассету-сборник с песнями группы «Кино» и «Наутилус Помпилиус» и ещё взял новые записи Стинга. Последнего я отдал Зарине. Выйдя из подземного перехода, мы двинулись дальше.

– Ну и как, дошло до тебя, что такое перфектные времена? – шутя, спросил я Зарину.

– Да, немного, – неуверенно ответила она.

– Главное, пойми, не употребляй прошедшее время вместо перфектного. Не говори: «I did», а

скажи: «I have done». Хотя на русский язык и то и другое переводится одинаково: «я сделал», но тут есть нюанс. «I did» – ты сделал когда-то, а «I have done» – только что или недавно.

– You have bought the tapes right now (Ты купил кассеты только что – *англ.*), правильно? – с лукавой усмешкой посмотрела она на меня.

– Умница, – ответил я и ущипнул её за щеку. Так, беседуя, мы дошли до Главпочтамта. Зарина повернула в сторону кинотеатра Джами (она жила у военторга), а я пошёл прямо – я жил у старого аэропорта.

– До завтра, – протянула она мне свою руку.

– Пока.

Зачёт по грамматике она сдала, но наши встречи продолжались. После лекций мы часто бродили вместе по Душанбе. Иногда заходили в «Восточное кафе» напротив парка Ленина и за мороженым часами могли болтать ни о чём, а иногда могли накупить кучу газет (кажется, она всегда покупала «Ровесник», а я «Аргументы и факты») и сидеть в парке, пока не прочтем их от корки до корки.

– А правда, что американцы высадились на Луну? – ни с того ни с сего она могла задать вопрос.

– Не знаю, меня они с собой не взяли, поэтому точно сказать не могу, – отвечал я.

Потом она могла долго молчать и вдруг спросить:

– А Атлантида существовала?

– Да, конечно, вот я, например, Атлантид, – говорил я с серьёзной физиономией.

Она закрывала лицо газетой и через пять минут могла залиться громким смехом.

Бывали дни, когда после лекций мы сидели в

какой-нибудь пустой аудитории и молчали, глядя за окно на чинары и тополя. Нам было комфортно даже молчать. Наверное, так бывает с очень близкими людьми. Но тогда мы об этом не задумывались. Просто встречаются иногда люди, с которыми тебе всегда хорошо и комфортно. Зарина, наверное, и была одной из них.

Нам казалось, что так будет всегда. Будут вечные чинары и тополя, будет вечная Апаи-Хасият со своими вкуснейшими самбусашками, будут вечные мальчишки со своими фисташками и будут вечные студентки – таджички, узбечки, русские, осетинки, армянки, казашки и кореянки. Будет вечный Душанбе и незыблемый СССР. Жизнь текла размеренно и мирно. Но это был последний год существования уникальной интернациональной семьи – семьи советских людей. Даже в страшном сне никому не могло присниться, что эта страна скоро исчезнет. Это был апрель 1991 года. А в декабре того же года СССР не стало…

Это было похоже на насильное разлучение матери с детьми. Детей поселили в детдом под названием СНГ, и они ещё долго и наивно верили, что мама вот-вот вернётся. Но она не вернулась. Некоторые и до сих пор продолжают верить, что смогут увидеть её снова.

Ровно через год началась печальная война. По улицам Душанбе грохотали БТР и танки. Те самые прекрасные аллеи, по которым гуляли самые красивые девушки-душанбинки, заполнили люди в камуфляжных формах с автоматами. В городе поселился страх. Жуткий страх… и надолго…

Даже те, кто яростно хаял «совковую» жизнь, увидев «прелести» гражданской войны, беспредел и беззаконие, творившиеся в стране, были

вынуждены признать, что с удовольствием вернулись бы в «застойный» Советский Союз.

Студентов распустили.

– Я уезжаю на Памир, – сказала мне Зарина
в той самой аудитории, где мы любили молча
сидеть. – Нам нельзя оставаться здесь. Уезжаем
сегодня ночью. Прощай.

Она, не глядя на меня, вышла из аудитории.
Вот так, просто и обыденно, мы расстались...

15 октября 2009 года

Джурахон Маматов
ПАМИРСКИЕ РАССКАЗЫ
Часть 3

+ДА

Издательство +ДА
Plusda Publishers
www.plusda.com

Молитва

*К*огда охватывает отчаяние, лучше не писать. Ты поделишься чем-то искренним, своим, а люди истолкуют это совсем по-другому, и, возможно, даже совершенно превратно. Отчаяние прибавляет искренности, но выветрывает тот смысл, который ты хотел придать своему рассказу. Когда пишешь что-то в таком состоянии, непременно появится пространство между написанным на бумаге и тем, что ты хотел сказать на самом деле – как расселина между горными валунами.

Как камни, тяжелы бывают слова, которые нужно приставить одно к другому, чтобы выстроить точную мысль. И чем больше это расстояние-расселина, тем больше отчаяние. Круг замыкается. Вот в таком настроении я сел писать этот рассказ.

Мысли о безысходности появились у меня после прочтения книги «Слушай песню ветра» Харуки Мураками. Во всяком случае, я нашёл их отражение в начале книги. Стало ли мне от этого легче? Не знаю. Но интереснее стало. Вот теперь и ворочаю свои валуны, по нескольку раз переставляя их с одного места в другое.

Есть в мире места, откуда никогда и никуда не хочется уезжать, а просто хочется находиться там всегда. И лишь большая нужда вынуждает тебя покидать их. Одно из них – маленький кишлак Мехрабад, расположенный среди высоких вершин Памира.

Горы умеют зачаровывать. Всем известно, что там, на высоте, от громкого крика раздаётся многоголосое эхо. Но не все знают, что в горах есть ещё и такие места, где стоит лишь подумать, и в ответ ты услышишь эхо своей мысли. Среди Памирских вершин кроется ещё много нераскрытых тайн. Само пространство мыслит вместе с тобой… и чувство безысходности проходит.

Горы успокаивают, умиротворяют своим величием. Своими гигантскими размерами они молча указывают на ничтожность любой земной проблемы и отчаяния тоже. Но проблема все же остаётся – где-то в другом пространстве, в мире без гор, где-то в бетонных катакомбах и подземных метро. И тебе становится искренне жаль людей, никогда не бывавших на Памире, хотя бы для того чтобы исцелится от ненависти.

Короткий горный дождь омыл высокие пирамидальные тополя «ар-ар». Они стали ещё зеленее, с испуганными капельками воды на листьях. Воздух тоже был пропитан влагой и стал ещё прозрачнее и чище, как родниковая вода. Пахло влагой. Утренний, свежий апрельский ветер трепал подол зелёного платья Зарины. Она пристально смотрела на поверхность шумной и говорливой горной реки. Ледяная вода стремительно бежала, волнисто стелясь по каменистому дну. Зарина наполнила ведро и присела на большой валун у берега. Солнце ещё не взошло, и вершины гор, покрытые вечными ледниками, отдавали малиновым светом – предвестником скорой зари. Слышалось блеяние овец, их выгоняли на выпас. По кишлаку расползался утренний дым очагов, на которых женщины готовили нехитрый завтрак – ширчай.

Зарина размышляла о брате. Ей хотелось плакать, но слёз не было. Она ещё со вчерашнего вечера была под впечатлением от рассказа Анвара и Омар-бека, вернувшихся на днях из России, где они проработали почти три года. Их приветствовал чуть ли не весь кишлак. Раньше так встречали только парней, отслуживших в армии. После рассказа Анвара она всю ночь не спала.

Накануне вечером Анвар и Омар-бек зашли в гости к родителям Зарины и передали пятнадцать тысяч рублей, которые прислал Алишер – её брат. Алишер вот уже два года как уехал из родного кишлака на заработки. Как и все – в Россию. А куда же ещё? Рад бы и в другие края, да тень «железной занавеси» всё ещё незримо прикрывает другие дороги.

Время от времени он звонит домой. Разговор всегда очень короткий: «Мама, у меня всё хорошо. Не волнуйтесь. Работаю на стройке».

Благодаря своей молчаливости и не по-детски серьёзным поступкам Зарина слыла в кишлаке не по годам смышлёной девчонкой. За свою двенадцатилетнюю жизнь она дальше кишлака никуда не ездила, лишь в прошлом году впервые побывала в областном городе, расположенном в девяноста километрах от её селения. Город ей не понравился. «Там холодно», – коротко сказала она, хотя на дворе стоял июль-месяц. А где Россия, она и понятия не имела. «Наверное, где-то там, далеко-далеко за горами», – думала она, глядя на окружавшие её заснеженные вершины. И в который раз Зарина мысленно повторяла слова Анвара, услышанные вчера вечером, когда она заваривала чай для гостей. Они говорили о её единственном брате Алишере и о нелегкой жизни в далёкой России.

– Там холодно, но не холода нам помеха, а скинхеды. Вот они действительно не дают нам нормально жить и работать, – невесело рассказывал Анвар.

– А кто такие эти сукин… сикин… ну вообщем… те самые, как ты их назвал? – удивлённо спросил дед Акбаршо, застыв с куском свежеиспечённой лепёшки в руках.

Дед Акбаршо – легендарная личность в кишлаке. Фронтовик, дошедший с боями до Праги. Ему девяносто два года – возраст не редкий для горцев.

– Скинхеды, что ли? – подсказал Анвар.

– Ну да.

– Да я даже и не знаю, как вам это объяснить, дедушка. В общем, они не любят представителей других рас.

– Не любят, это ты мягко сказал, – вмешался в разговор Омар-бек, отложив пиалу с чаем в сторону. – Они ненавидят их лютой ненавистью.

– Как это?.. – недоумённо уставился своими, уже почти век глядящими на этот мир, глазами дед Акбаршо. Его седые брови, как крылья орла, сдвинулись к переносице.

– В общем, у них аллергия ко всем азиатам, кавказцам, африканцам, – медленно произнёс Омар-бек.

– Больные что ли?– переспросил дедушка, услышав слово «аллергия».

Омар-бек был постарше Анвара. До отъезда в Россию он работал учителем истории в школе. Увлечённый парень. Самостоятельно писал диссертацию на тему «Синтез культур Греции и Персии

и их следы на Памире», но безденежье вынудило его забросить всю научную работу и уехать на заработки: нужно было кормить красавицу-жену Мариям и голубоглазую крошку дочь Сабрину.

— Не знаю, дедушка, может и больные. И обострение этой болезни у них наступает в апреле месяце, — невесело добавил Омар-бек. — Двадцатого апреля они празднуют день рождения Гитлера.

— Эъ…? — чуть не поперхнулся дедушка-фронтовик. — А куда смотрят… эти… москвичи…? Да я на Волоколамском шоссе этих гитлеровцев… — начал возмущаться он, употребляя древние, как и он сам, давно забытые советские слова.

— Молча смотрят, дедушка, молча. А молчание, как известно... Фашизму нынче, дедуля, кажется, только мы и противостоим. Вот этот шрам я получил от группы скинхедов в прошлом году, тоже в конце апреля, после футбольного матча ЦСКА-«Зенит», — показал белесые швы Анвар, оголив запястье. — Это случилось в метро — мгновенно и неожиданно. Группа молодчиков, одетая в чёрные куртки, как вихрь заскочила в вагон. Они огляделись и выудили из толпы меня и ещё одного парня (то ли осетина, то ли армянина), сидевшего напротив. Он был ещё совсем мальчик. Дальше я ничего не помню, лишь только то, что они, повиснув на поручнях вагона, начали пинать ногами меня в лицо, живот и между ног. Всё это сопровождалось выкриками: «Россия для русских», «убирайся в свою чучмекию», «ублюдок», «нерусь». Перед глазами сверкали чёрные ботинки на толстенных подошвах. Я потерял сознание.

— Хватит, — тихо произнёс дед и, ничего не говоря, медленно встал из-за дастархана и так же молча, шаркая ногами, направился в сторону двери.

Зарина выбежала за дедом, чтобы подать ему калоши и деревянный костыль. Наклонившись, она протянула ему обувь и вдруг почувствовала тяжёлые, влажные слёзы, как капли дождя падавшие ей на голову. Старик, победитель фашизма, плакал. Рыдал беззвучно...

И теперь Зарина, сидя у реки, тоже хотела плакать, но слёз не было. Безысходное отчаяние сжимало горло и сдерживало их. Она скучала по брату, которого вот уже два года не видела. Как он там, на далёкой чужбине? Она вспомнила, как ему не хотелось покидать родной кишлак, но сахарный диабет матери вынудил его уехать на заработки: на регулярные уколы инсулина у них не хватало денег.

— Присмотри за мамой, — сказал он Зарине ранним утром, поцеловал её в лоб, взял свой темно-зелёный рюкзак с сушённым тутовыми ягодами и курагой, сел в попутную машину и уехал в сторону Душанбе.

Вот так они и расстались. Ей было тогда десять лет, а ему семнадцать.

Перед взором Зарины снова и снова возникала картина, рассказанная Анваром. Её детское воображение дорисовывало жуткие сцены избиения. Вместо Анвара она видела брата.

Вдруг она резко взглянула на восток и опытным глазом горянки определила, сколько времени осталось до восхода солнца. Момент завершения утренней молитвы «Фаджр» ещё не наступил. Она тут же у реки совершила ритуальное омовение и, сорвав с головы большой шерстяной платок, постелила его наземь. Платком поменьше она по-

крыла голову. Определив направление Мекки, начала молиться. Завершив, она со слезами на глазах обратилась ко Всевышнему:

— Начинаю именем Милостивого Аллаха, милость Которого безгранична и вечна. Боже Всевышний, защити и убереги моего брата Алишера от зла и слепой ненависти скинхедов. Дай ему силы противостоять их жестоким и человеконенавистническим намерениям. Удвой, утрой, удесятери силы моего брата, если ему придётся противостоять им. Дай ему избежать встречи с ними. Веди его тропами, далёкими от троп скинхедов и других врагов. Ты Всеведущ и Всезнающ и прекрасно осведомлён об истинных намерениях моего брата. Ему нужно лишь заработать достаточно денег для лечения матери. О, Всевышний, Ты ведь над всякой вещью мощен и тебе лишь стоит сказать «Будь», и всё свершается. Защити моего братика Ангелами-Хранителями в далёкой и холодной стране. Пусть волею Твоею дана будет ему возможность невредимым вернуться домой. Аамиин.

Волею Своею всели в заблудшие души скинхедов ростки милосердия. Образумь их и открой им глаза на святость человеческой жизни, дарованную Тобой. Возожги в их душах Свет Добра, и если раскаются в своих злодеяниях, прими их раскаяния, ведь Твоя доброта безгранична и вечна. Аамиин.

И даруй мудрость и заботу правителям наших земель, снизошли Свою благодать и на наши края, чтобы никому из наших отцов и братьев не приходилось покидать родные дома в поисках хлеба насущного. Аамиин.

Долго и искренне молилась Зарина в утренней тишине, сложив натруженные детские ладошки и подняв их на уровень груди. По её щекам текли горячие детские слёзы, увлажняя кончики платка завязанного под подбородком. И от горных заснеженных скал громким эхом отражались слова молитвы девочки-ребёнка.

17 апреля 2011 года

Бани Одам аъзои якдигаранд
Ки дар офариниш зи як гавхаранд
Чу узве ба дард оварад рузгор
Дигар узвхоро намонад карор
Ту к-аз мехнати дигарон бегами
Нашояд ки номат ниханд одами
(Саади)

Все племя Адамово – тело одно,
Из праха единого сотворено.
Коль тела одна только ранена часть,
То телу всему в трепетание впасть.
Над горем людским ты не плакал вовек,–
Так скажут ли люди, что ты человек?

(перевод с таджикского/персидского)

Когда в городе поселяется страх, он становится каким-то чужим. Вроде и родной, да не такой как прежде, и люди тоже родные, но уже не такие как раньше. Не поймёшь, кто враг, а кто друг. Это ведь гражданская война – самая подлая из войн.

Мирный солнечный день стонет, когда его прошивают автоматными выстрелами. И в такие моменты даже в полдень как будто наступают сумерки. Вы когда-нибудь слышали автоматные очереди в городе? Слышали, каким эхом отдают выстрелы в кварталах? Это не эхо – это стоны мирного дня. Ведь его прострелили, и через сквозные раны вытекает само спокойствие. День сдувается и сморщивается, как проколотый жёлтый шарик. Он нехотя становится серым, хотя солнце продолжает светить. Вслед за спокойствием уходят и смех, и веселье. Они покидают пространство, где звучат выстрелы. Они оставляют город молча и обреченно, с обидой, ведь ими пренебрегли. С их уходом в воздухе освобождается место, которое заполняется липким страхом – жутким страхом. Он надолго поселяется в моём когда-то весёлом городе.

На улицах откуда ни возьмись появляются люди – нет, скорее, нелюди, которые с распростёртыми объятиями привечают ужас и смятение. Им нравится это тревожное состояние, овладевающее городом, им радостно, когда людям становится страшно.

И, странное дело, в мирные и спокойные дни этих нелюдей не замечаешь. Они тихо ходят рядом с тобой, но их даже не видно. Нет того самого страха, который их и проявляет. Хотя изредка можно почувствовать мрачный холодок их дыхания, когда они случайно оказываются рядом с тобой. Но пока они незримы.

А как только в городе нарастает тревога, они, эти самые нелюди, тут как тут – готовенькие преданно служить злу. Чернодуши – они очень любят войны, особенно гражданские, во время которых они с радостью срывают порядком надоевшие им маски приличия, как неудобную одежду, и проявляют свои истинные лица – мрачные лица. Злые лица, с акульими глазами из грязного стекла. От их взгляда всегда веет холодком.

Они любят объединяться в своры. Гражданская война – это, как известно, безвластье, беспредел и беззаконие. Отныне законы устанавливают они.

Страх поселился в моём городе, в городе Ша-

ирабаде.

За окном стоял холодный декабрь. Низкое небо висело покрытое темными тучами, и казалось, до них можно было дотронуться рукой. Даже воздух был сплющенным и густым – простреленным.

Наступил первый день гражданской войны в городе среди гор. Непривычно было видеть ревущие бронетранспортёры, с чёрными шлейфами дыма снующие по асфальтированным улицам. Пахло порохом и недогоревшей соляркой. Голые деревья и злые БМП придавали городу мрачный вид. Наступило безвластие. Царила жестокая и беспредельная вседозволенность. Кто с кем воевал, невозможно было разобрать. Небольшие группы людей с красными и белыми повязками на предплечьях носились повсюду, стреляя друг в друга. Крики, стоны и причитания – женщины и мужчины плакали и возле убитых родственников.

Горстка людей с красными повязками на руках силой волокла безоружного, немолодого уже мужчину к стене детского сада «Солнышко». Он сопротивлялся и с плачем в голосе кричал:

– Да не виноват я. Я простой учитель, отпустите меня.

Никто его не слушал – люди обезумели от витавшей вокруг вседозволенности. Учителя поставили к стенке и, отступив на несколько шагов назад, расстреляли из автомата. Несчастный мужчина выставил ладони вперёд в надежде защититься от пуль, но тут же, отлетев назад, повалился наземь и застыл без движения, свесив ноги в бетонный лоток. От побеленной стены отлетела штукатурка, и на ней появились серые выбоины от пуль. Его застрелили за «горский» говор.

Жуткие времена…

Я почувствовал сильный приступ тошноты.

– Эй, ты, длинный, отведи в сторону и пусти в расход эту сволочь, – крикнул мне один из боевиков.

Он сказал именно так: «Пусти в расход». Это выражение было очень популярным среди боевиков во время гражданской войны в Таджикистане, и многие приговоренные часто не понимали, что же это значило «быть пущенным в расход», и продолжали наивно улыбаться.

Я с ужасом подошёл к нему. Кричавший был командиром – с неприятным длинным лицом и близко расположенными глазами. Рот напоминал пасть акулы с втянутым к горлу подбородком, да и взгляд был животный, без малейшего проблеска интеллекта. Такие себе мутные стёклышки вместо глаз. Я про себя его так и прозвал – «Акула». Рукава его пятнистой камуфляжной формы были засучены, и у запястья виднелась татуировка, напоминающая якорь. Было заметно, что он пытался вытравить рисунок, и теперь якорь напоминал большой зелёный крючок, нарисованный пунктиром. На его правом плече висел автомат с пристёгнутыми к нему тремя магазинами, перемотанными синей изолентой. Из них зловеще торчали острые наконечники патронов медного цвета. Из правого нагрудного кармана выглядывала рация с короткой прорезиненной антенной.

Остальные три боевика, его сотоварищи, также были одеты в пятнистые военные куртки и штаны, и только у одного вместо брюк были выцветшие джинсы. У каждого был автомат. Чувствовалось, что боевики побаивались своего лидера: они сторонились его, как заразного боль-

ного. Было в нем что-то отвратительное и страшное – нечеловеческое.

Сегодня утром он застрелил на моих глазах парня, ехавшего на велосипеде, и только из-за того, что тот, увидев боевиков, которые одним своим видом внушали всем страх, развернулся и стал удирать от них. Он не доехал лишь пару сантиметров до угла здания. Акула, не прицеливаясь, убил его автоматной очередью. Я знал этого парня, мы учились в одной школе. Я забыл его имя, но помнил, что он был совершенно безобидным человеком – стеснительным и тихим.

– Длинный, почему я должен повторять тебе дважды? Иди и пусти в расход эту сволочь.

– Меня зовут Алишер, – как можно равнодушнее сказал я ему.

Акула сверкнул на меня своими рыбьими глазами и, брызгая слюной, произнёс:

– Запомни, Длинный, нынче я пахан в твоём сраном городе. Как тебя назову, на то и будешь отзываться! Всё, что я прикажу, будешь выполнять беспрекословно, понял?!

Я промолчал.

– Иди и пристрели эту сволочь.

Я посмотрел в сторону, куда он указывал. «Сволочью» оказался мальчик лет пятнадцати, переодетый в женскую одежду. На нём было длинное, почти до пят, платье красного цвета с крупными желтыми цветами. Голова была покрыта большим тёмно-зеленым платком. Дорога, на которой его схватили, вела к реке Пяндж. «Бедняга, видимо, намеревался переплыть её и укрыться на том берегу, в Афганистане», – подумал я.

Мальчик весь дрожал, как новорожденный щенок, и постоянно твердил: «Не убивайте меня, не убивайте меня...».

Он находился в том возрасте, когда кожа еще по-детски нежна и щеки не утратили свой молодой румянец. Его большие зеленые глаза были наполнены страхом. Я его не знал. Я многих не узнавал в своём городе, потому что всего месяц назад, в ноябре, вернулся после роспуска студентов из Душанбе, а перед этим три года прослужил на Балтийском флоте. В Шаирабаде я не был почти семь лет.

Я догадывался, почему Акула приказал исполнить мне этот жуткий приговор. Он хотел проверить меня на благонадежность. На днях они меня завербовали.

Эти боевики были пришлыми южанами, не из Шаирабада. Они с утра ходили по домам и рекрутировали себе новобранцев. Только перед самой войной я случайно узнал, что этнически был южанином, хоть родился и вырос в городе, в котором сейчас большинство были сторонниками оппозиции. Вот такие вот дела. Каким-то образом у боевиков оказались списки и адреса всех южан нашего города, и они ходили по квартирам, призывая людей примкнуть к их рядам.

«Зря не послушался отца», – пронеслось у меня в голове. Он строго-настрого запретил нам, своим сыновьям, участвовать в этой бессмысленной войне. Отец так и сказал: «Это не война – это сумасшествие. Слушайтесь меня и не сходите сума. Не марайтесь об это, если хотите смело и честно смотреть людям в глаза, когда всё это безумие закончится».

Но сегодня утром, когда боевики с автоматами и нервным видом ворвались к нам во двор, отца

дома не было. Они прочли наши имена и, указав на моего старшего брата (отца четверых детей), скомандовали:

— Ты идёшь с нами.

Возражать было опасно.

— Он плохо слышит, — вмешался я. — Можно я пойду вместо него?

Про тугоухость брата я придумал на ходу даже как-то неожиданно для себя.

— Годится! Оружие дома есть?

— Нет, — ответил я, что было правдой. Отец запретил.

— А если найдём?

— Проверьте.

— Хорошо. У нас нет времени. Пока что будешь заправлять рожки автоматов. Иди за нами, — приказал командир.

Вот так я оказался в одних с ними рядах, и в данный момент они испытывали меня на благонадёжность.

— Дай ему свою пушку, — прикрикнул Акула боевику в джинсах. Тот медленно стащил с плеча автомат, снял его с предохранителя и, глядя прямо в глаза, протянул его мне. Я медленно взял оружие в руки.

Мальчик побледнел. Его пересохшие губы что-то шептали — я не мог разобрать. В ушах у меня звенело. Отец был совершенно прав — это не война, а сумасшествие. Это безумие. Веками выработанная таджикская пословица гласит: «Чизе, ки пир медонад, пари намедонад», то есть: «Что знает старый, не знает даже ангел».

— Пойдем, — сказал я мальчику, направляясь в сторону ворот детского сада. Мысль работала сбивчиво. Я не знал, что я делаю — лишь бы оттянуть время, хотя бы на мгновение.

– Нет, Длинный, пристрели его здесь. Сейчас же…

«Ох и нелюдь же этот Акула. Скорее всего – из уголовников», – промелькнула у меня догадка.

В это время раздались автоматные очереди и из-за угла с грохотом вырулил БТР, впереди которого с выстрелами бежала группа людей. Мы находились посреди дороги, и бронированная громадина ехала прямо на нас. Боевики бросились врассыпную. Мы с мальчиком оказались с левой стороны улицы, у бетонного лотка, а Акула со своими боевиками – с правой.

БТР остановился между нами, и началась беспорядочная стрельба. Кто в кого стрелял, невозможно было разобрать. Я схватил мальчика за рукав рубашки, и мы вместе залегли в бетонный лоток. Он оказался впереди меня, и я жестами показал ему ползти. Паренёк, извиваясь как змея, стремительно двинулся вперед. Перед моим носом только и мелькали его рваные замшевые кроссовки. Я даже не чувствовал ледяную воду, текущую по дну лотка. Неожиданно мы наткнулись на свисавшие вниз ноги расстрелянного учителя. Он зашевелился. «Слава Аллаху, живой», – мгновенно промелькнула мысль.

Стрельба не прекращалась ни на минуту. Мальчик двигался быстро, и я едва успевал за ним. Все, что мы желали в тот момент – подальше отползти от этого страшного места. Я боялся поднять голову и лишь краем глаза заметил, что мы оказались у ворот Дома Пионеров. Быстро схватив паренька за кроссовки, я остановил его. Он притих. Я указал на ворота. Мы вместе выкарабкались из лотка и ползком пересекли улицу.

И лишь оказавшись в саду Дома Пионеров, мы остановились. Тут я заметил, что всё ещё держу в руках автомат, переданный мне одним из боевиков.

– Ака, маро на парон (Брат, не убивай меня – *тадж.*), – жалобно молил мальчик.

– Молчи и беги рядом, – тихо сказал я.

Через некоторое время мы оказались в камышовых зарослях на берегу реки Пяндж. Граница была открыта. В эти дни российские пограничники, казалось, сохраняли нейтралитет и не вмешивались в конфликт

Мальчик был совершенно растерян и не понимал, что происходит, но безоговорочно исполнял все мои указания. Неожиданно он посмотрел на меня своими зелеными глазами. Это были не детские глаза, это были глаза мудреца. Я опустил автомат, близко подошел к нему и тихо спросил:

– Плавать умеешь?

Он не отвечал. Кажется, он не видел ни меня, ни серое небо над головой и не чувствовал ничего – ни холодного воздуха, ни запаха тины, идущего от реки. Вдруг он вздрогнул, будто от холода, вновь вернувшись в эту реальность.

– Что?– с удивлением и хрипотцой в голосе спросил парень.

– Плавать умеешь? – повторил я чуть громче.

– Нет… да, умею, – ответил он.

Было видно, что он цепляется за мизерный шанс. Я понял, что плавать он не умеет.

– Сними платье, тебе в нем будет неудобно. Сейчас река обмелела, я покажу тебе брод. Главное – держись на ногах, не падай. Встань лицом против течения, так легче ему противостоять. Понял?

— Ты мне в спину не выстрелишь?

— Вот, смотри, — я отстегнул рожок и выбросил его в реку. Магазин булькнул и мгновенно исчез в темно-зеленой воде Пянджа. Минуту поколебавшись, я далеко забросил и сам автомат.

Мальчик неуверенно вошёл в воду и, не отрывая взгляда от меня, пошёл по броду.

Кто обвинит меня в том, что я отказываюсь воевать? Где вы теперь, долбанные ораторы с митингов, затеявшие эту войну? Куда вы все попрятались? Ради чего вы всё это начали? Разве стоят ваши эгоистические амбиции жизни вот этого мальчика – вброд, дико озираясь на меня, неуверенно пересекающего холодную реку? Реку, дающую ему шанс выжить на чужом афганском берегу. Счастья и удачи тебе, мальчик! Если сможешь, прости обезумевших взрослых…

Я сидел среди зарослей камыша и смотрел на удаляющуюся хрупкую фигурку паренька. Он шёл очень осторожно, но уже ближе к противоположному берегу его всё-таки сбило течением с ног, но он, немного побарахтавшись, зацепился за колючие кусты джуды и выполз на берег. И только тут я заметил, что по моим щекам текут горячие слёзы.

Стрельба в городе затихла.

Возвращаясь обратно домой, в заброшенном саду Дома Пионеров я встретил старую бездомную овчарку, которая, завиляв хвостом, подбежала ко мне. Она ко всем относилась одинаково ласково. Мне внезапно стало тепло, словно хмель распространился по нутру. Я не могу выразить словами ту любовь, которую я испытывал в тот

момент к собаке, но причину этой любви я знал точно – я любил её потому, что она не могла брать в лапы автомат и нажимать на курок, потому, что она была нейтральна на этой войне и не разделяла людей на горцев и южан.

В тот момент я этому псу доверял больше, чем людям. Я нежно погладил его по холке и осторожно удалил сухие колючки репейника с полинялых боков. Собака робко пыталась лизнуть меня по лицу, но, видимо уловив моё настроение, передумала. Я обнял её за шею, и она перестала вилять хвостом и замерла. Мне казалось, что пёс пытается утешить меня. Жаль, что собаки не могут говорить. Мне кажется, они могли бы сказать людям что-то очень мудрое и важное.

05 марта 2011

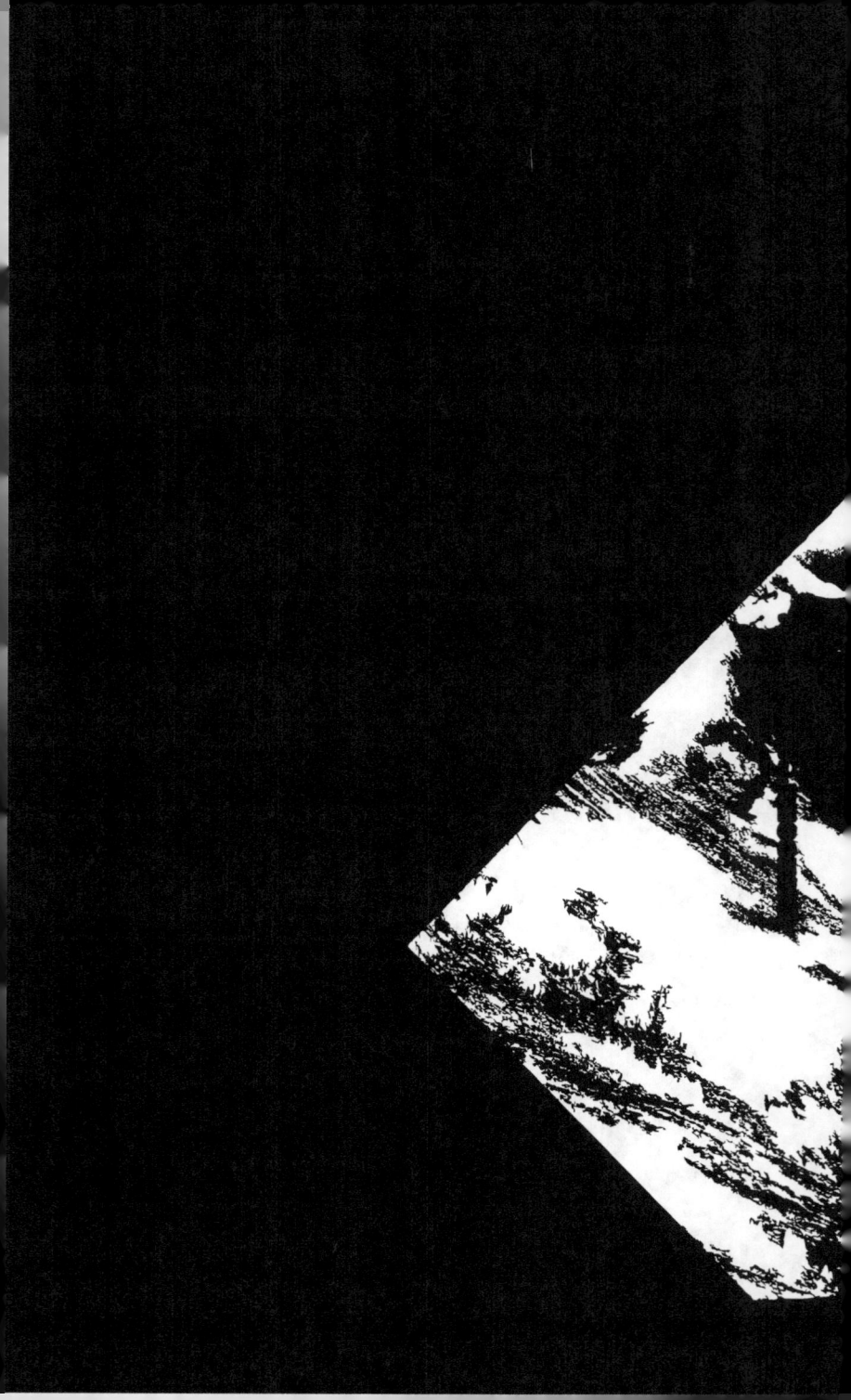

Джурахон Маматов
ПАМИРСКИЕ РАССКАЗЫ
Миниатюры

+ДA

Издательство +ДА
Plusda Publishers
www.plusda.com

Ранним пянджским июльским утром мы с моим другом Лёней Ярошенко собрались на рыбалку. Солнце ещё не взошло, но уже было жарко. Чтобы сократить путь к озеру, мы прошли через Дом Пионеров («субтропик») на улицу Пушкина. Перешли на аллею, вдоль которой по бетонному желобу текла прохладная вода глиняного цвета. Журчание ручейка сопровождалось курлыканьем голубок: «кур-кур-кур». Голуби, важно вздувая зобы, сидели на деревьях вдоль интерната и тоже курлыкали, возвещая о наступившем пянджском утре. Людей на улицах было мало. Мимо нас пробежал Александр Подабонович, мой сосед по «субтропику», в спортивной одежде. У книжного магазина встретили Клавдию Ивановну – учительницу русского языка. Она направлялась в сторону магазина, кажись в «дежурку», которая открывалась очень рано. Многие покупали там молочные продукты. Поздоровавшись с учительницей, мы пошли дальше.

У ресторана «Наргис» под тенистой чинарой стояла жёлтая пивная бочка, вокруг которой, несмотря на раннее утро, уже собирался народ. Мы приближались к озеру. Подул легкий тёплый ветерок со стороны Афганистана с запахом озёрной тины и речной травы. По тёмно-зелёной водной глади пробежала легкая рябь, которая волнами передалась камышам.

– Пойдём туда, – удочками указал Лёня вниз, направо, где среди камышовых зарослей был проделан небольшой лаз к воде.

– Пошли, – согласился я.

Я знал, что он опытный рыбак. Мы размотали лески, наживили крючки и забросили свои тростниковые удочки в воду. Вокруг пахло утренней прохладой. Почва у берега поблескивала сыростью и выступившей местами солью. Вдоль границы, внимательно осматривая контрольно-следовую полосу, прошёл наряд пограничников, одетых в гимнастёрки цвета хаки и в панамах на головах.

Тишина... Ах, как я люблю эту пянджскую утреннюю тишину.

Взошли первые лучи утреннего солнца. Начинался жаркий пянджский летний день, а у нас разгорался клёв. Мы с Лёней порыбачили до полудня, затем, свернув удочки, поднялись к улице «50 лет Погранвойск», где мимо нас медленно проехала «поливалка», увлажняя нагревающийся асфальт. Появился такой до боли знакомый запах теплого асфальта и влажной земли, который, наверное, бывает только в Пяндже.

На следующий день мы вместе с Колей Коньковым уехали из города поступать в военное училище, и оба поступили. С тех пор я бывал в Пяндже лишь во время редких отпусков, но то летнее утро я запомнил навсегда.

И, как оказалось, это было утро новой жизни, жизни вне города моего детства...

20 января 2010 года

Мгновение из школьной жизни

Ӹл солнечный апрельский день. Прозвенел звонок. Закончился пятый урок. Школьники ватагой рванулись к выходу. Ну а мы, старшеклассники, как и положено по статусу, вальяжно и медленно спускались с главного крыльца школы. И тут мой взгляд упал на поразительно красивую девочку, которая поднималась по ступенькам в школу, направляясь на вторую смену. В голове мигом проскользнула мысль: «До чего же она восхитительна». На вид ей было лет тринадцать или четырнадцать, и на фоне ясного апрельского дня и ярких листьев виноградника, свисающих с навеса в школьном дворе, она казалась мне просто Феей. Все последующие дни после уроков я искал её взглядом в школьном дворе. Иногда я замечал её сидящей на скамейке, а иногда – играющей в классики, либо просто беззаботно хохотавшей. И так изо дня в день. Это вошло в привычку. Мне нужно было видеть её ежедневно.

Никто из моих одноклассников никогда бы не поверил, что и я, оказывается, мог стать объектом стрел Амура... Я был отъявленным дебоширом, хулиганом и драчуном школы, директор которой начинал волноваться, если меня в этот день не приводили к нему в кабинет для взбучки.

Узнав, что она была всего лишь пятиклассницей, я ужасно расстроился. Я думал: «Почему же так, почему она не постарше, что за несправедливость...». Тогда, в школьные годы, разница в пять лет была просто трагедией (сейчас даже смешно об этом вспоминать). Я – десятиклассник, а она – пятиклассница. Казалось, что это совсем несопоставимо, и я старался отогнать все мысли о ней, к тому же нужно было готовиться к выпускным экзаменам. После экзаменов я уехал из города поступать в военное училище и поступил.

Недавно я просматривал списки и фотографии учеников нашей школы в интернете, и на глаза мне попалась одна из них. Я увеличил её и увидел написанный под ней комментарий. Я хорошо помнил имя и фамилию той девчонки. «Да ведь это она! Она! Точно, она!». Конечно, она стала уже гораздо старше, но глаза и взгляд той девочки из прекрасного далёка я узнал сразу. Накатила тёплая волна, в памяти ярко всплыл тот далёкий апрельский день, когда я увидел её впервые на школьных ступеньках, смеющуюся, в коричневой юбчонке, в белой кофточке и с пионерским галстуком.

Даже ярче, чем сама явь... Странные особенности имеет память...

Я снова увидел те самые изумрудные листья виноградника, сквозь которые пробивались солнечные лучи. А под виноградником стоял новенький, синего цвета «Москвич» физрука Халима Тахировича. Я намеренно не описываю внешность той девчонки. Какого цвета глаза, волосы? Зачем? Пусть всё останется так, как есть. Это ведь было лишь мгновение из той далёкой школьной жизни...

Думаю, что в памяти каждого хранятся подобные случаи из того пянджского детства. Замечательного детства. И чем старше мы становимся, тем приятнее вспоминать тот Пяндж, оставшийся далеко позади. Но что такое прошлое? Что такое Время? Что такое Пространство? Разве кто-нибудь может вразумительно объяснить, что это?

Иногда мне кажется, что тот город детства никуда не исчез. Он существует в другом измерении – в измерении, которое называется Памятью. И мы можем туда легко возвращаться. Стоит лишь захотеть…

03 марта 2009 года

Ситора
(или Собирали хлопок...)

Наш автобус подъехал к хлопковому полю, расположенному прямо у подножия горы в колхозе «50 лет Октября». Стояло начало ноября. Мы, поёживаясь от утренней прохлады, вышли наружу. Никому не хотелось влезать в хлопковые грядки, где на кустах ещё сверкала утренняя роса и пахло сыростью. Это была ежегодная рутина. К тому же хлопка уже не было и мы собирали курак (нераскрывшаяся хлопковая коробочка) и то, что осталось после комбайна. Гузапая (кусты хлопчатника – *тадж.*) выглядели серыми и пустыми. Нам это не нравилось: не спрячешься, не закуришь украдкой. Классный руководитель всех построил и распределил джуяки (грядки – *тадж.*). Мы нехотя начали подвязывать к поясам свои мешки-фартуки и лениво побрели по полю. Уже вторую неделю как мы «прописались» в этой бригаде, и нас узнавали все колхозники.

– Алишер, а как определить, когда глагол пишется с мягким знаком, а когда нет? – услышал я вопрос Ситоры, собиравшей хлопок в соседней грядке. Ситора (тоже десятиклассница) была дочерью бригадира участка, где мы вот уже десять дней трудились с утра до вечера. Дело в том, что она собиралась поступить в мединститут и усиленно учила русский язык. И ей кто-то возьми да ляпни, что Алишер знает русский и может объяснить правила. В первый день она, стесняясь и краснея, подошла ко мне. Я уже был посередине грядки, где виднелся огромный куст тёмно-зелёной брусники, рядом с которым уселись мои одноклассники, потягивая сигарету.

— Тебя зовут Алишер? — робко спросила она.

— Да, а что? — удивлённо поднял я голову.

— Мне твои одноклассницы сказали, что ты можешь помочь мне с русским языком, — зардевшись, произнесла она.

«Вот, блин, этого мне ещё не хватало», — подумал я, но вслух произнёс:

— А что именно тебе нужно?

Я предположил, что, возможно, ей требуется перевести какой-то текст.

— Да я собираюсь в мединститут, а тут, в колхозе, сам знаешь, как преподают русский.

Вот так и начался наш курс «ликбеза». Надо признать, Ситора была девочкой смышленой, но за десять дней язык не выучишь... тем более русский.

За это время мы даже как-то сдружились и она, по крайней мере, перестала краснеть, задавая вопросы. У неё были совершенно европеоидные черты лица — светлолицая, с большими зелёными глазами. Среди таджичек такое часто встречается. Голова её всегда была покрыта белым платком с мелкими красно-жёлтыми цветами (почему-то эти платки назывались «японскими», я слышал это от своих сестёр). Из-под него выглядывали почти рыжие пряди волос. Её брови, видимо, тоже были рыжими, но из-за того, что она густо красила их усьмой, цвет было определить нелегко.

Иногда, когда она опаздывала, я ощущал, что чего-то не хватает. Мне очень нравился её кишлачный говор и весёлый, естественный, звонкий смех.

— Про мягкий знак, Ситора, есть простое правило. Когда это касается глаголов, то сразу зада-

вай вопрос «что делать?» или «что делает?» Если он отвечает на вопрос «что делать?», то смело ставь мягкий знак. А с существительными будет посложнее... – деловито продолжал я, но заметил, что она меня почти не слушает. Я осекся на полуслове и увидел, что глаза у неё блестели.

– Вы завтра не приедете к нам, да? – тихо спросила Ситора, не глядя в мою сторону.

– Да, завтра у нас будет репетиция к параду в школе, – ответил я. – А после 7-го ноября начнутся уроки.

Она ничего не ответила и, не поднимая глаз, передала мне охапку кураков, которую собрала, пока мы беседовали и, повернувшись, пошла в сторону камышового навеса, где готовился обед для школьников.

А я присоединился к пацанам у куста брусники, не обращая внимания на их шутливые приколы.

В этот день она больше ко мне не подошла.

Ближе к вечеру, когда уже никто не собирал хлопок и все с нетерпением ожидали отъезда, я заметил, что она вновь появилась у «шипана» – того самого навеса, где мы обедали и взвешивали собранный нами курак. Вдали запылил автобус, и ребята с криками «ура» стали выскакивать из хлопковых грядок.

Все знали, что на этом осточертевший «хлопковый сезон» завершается. Всё! Я ополоснул пыльные руки и лицо у арыка, протекавшего рядом с полем. Он весь зарос камышом и пах тиной, но вода его была прохладной и довольно прозрачной. Затем я направился в сторону автобуса и взглядом поискал Ситору, чтобы попрощаться, но, не увидев её, запрыгнул внутрь. Наши места, то есть места старшеклассников в заднем ряду, никто не занимал. Там уже сидели мои друзья, и наш «штатный» гитарист Бахтиёр, глядя на меня, специально запел песню: «Не плачь, девчонка...». А другие пацаны через окно автобуса смотрели в сторону навеса. И тут я заметил Ситору, грустно стоявшую среди провожавших нас колхозников. Минуту поколебавшись, я выскочил наружу и, не обращая внимания на общий смех моих одноклассников, подошёл к ней.

– До свидания, Ситора. Желаю удачи с поступлением в мединститут.

– Спасибо, – невесело произнесла она и со словами: «На, проверь мою грамматику», передала мне измятый клочок бумаги. Я взял его и направился в сторону автобуса. Пацаны уже хором подхватили песню «Не плачь, девчонка, пройдут дожди...».

И мы поехали в сторону города с уже включёнными фарами: в ноябре рано темнеет.

А записку я прочёл только дома. Там карандашом было написано «Спасибо». Ещё было несколько строк, грустно зачёркнутых карандашом. Я с трудом разобрал лишь одно слово «когда...».

Затем был ноябрьский парад, а после начались уроки и всё как-то постепенно забылось. И я больше никогда не встречался с ней.

В этом году, когда я побывал в Пяндже, проезжая мимо хлопковых полей колхоза «Сархадчи», я заметил, что там, как и прежде, работали женщины. И мне показалось, что среди них трудилась зеленоглазая красавица с рыжими волосами. Но это, скорее всего, был всплеск памяти. Памяти о тех десяти днях из моей далёкой юности, которые я провел с чудесной девушкой Ситорой. Те

годы, когда всё познавалось впервые: и искренняя дружба, и ростки волнующих первых отношений, и необъяснимый трепет, когда наши пальцы случайно касались друг друга во время передачи хлопка и курака. Это ведь юность, и она прекрасна. И даже осенний ноябрьский день может казаться нам чудесным, когда мы молоды.

Что интересно, позже у меня никогда не было даже намерения найти её. Лишь однажды кто-то из моих друзей на встрече одноклассников вспомнил этот случай и сказал, что Ситора якобы уехала к себе на Родину, в Рушанский район Памира.

Но для меня она осталась там, в Пяндже, на хлопковом поле. Осталась юной, весёлой и загадочной...

27 сентября 2009 года

Мимолётная встреча

По дороге в Агру мы сделали небольшую остановку в одной из индийских деревень. Было очень жарко. Выйдя из прохладной «Тойоты», я сразу встал под тень от огромного эвкалипта. Под деревом одиноко сидела смуглая, но симпатичная индианка и торговала холодной водой. Маленькие бутылочки плавали в деревянном ведерке со льдом.

– Сколько стоит? – спросил я её по-английски.

– Дас рупия (десять рупий), – ответила она по-индийски. Как оказалось позже, она по-английски не говорила.

Повернувшись в сторону машины, я спросил у жены по-таджикски:

– Чанд дона бигирам (Сколько штук купить)?

– Шумо точик астен (Вы таджики)? – вдруг, привстав, с волнением спросила индианка.

Она оказалась тоже таджичкой, но из Кабула. Мы немного поговорили. Выяснилось, что она была беженкой из Афганистана. Во время эмиграции вышла замуж за индуса-мусульманина. Позже родители её вернулись обратно в Кабул, а она осталась с мужем в своей деревушке. Я купил у неё всю воду. Мы тепло попрощались. Её черные глаза заблестели. Затем она медленно побрела по сухой, пыльной дороге в сторону посёлка. На жёлтом песке остались лишь следы её маленьких босых ног. Мы поехали дальше. Через окно машины вдали виднелась её худенькая фигурка, замотанная в темно-зеленое сари...

29 марта 2010 года

*Е*сть своя неописуемая прелесть во встречах с совершенно незнакомыми людьми в чужих, далёких краях...

Поздним дождливым осенним вечером я шёл по узенькой непальской улочке. Вдоль неё росли огромные эвкалипты, а между ними сверкали омытые дождём пальмовые кусты со свисающими гроздьями желтых в крапинку бананов. Пахло окружавшей меня листвой и грозой. Дождь усиливался, и я решил переждать его в одном из придорожных кафешек. Назвать это заведение «кафе» можно лишь с большой натяжкой, скорее подойдет «забегаловка». Заведение было построено из тростниковых прутьев и оказалось очень уютным. Я говорю о том самом уюте, который вы чувствуете, сидя в тёплом и сухом помещении, в то время, когда за окном стоит стеной тропический ливень. Народу внутри оказалось много: никто не хотел выходить наружу. У окна остался единственный свободный стол с двумя плетёными креслами, туда я и присел. Заказал себе чашку непальского чая «nepali masala tea» – это непальский ароматный чай с молоком и добавлением перца, который по цвету очень похож на памирский ширчай. К чаю я взял себе непальских плюшек «doughnot», по размеру очень схожих с русскими большими бубликами, но обжаренных в масле.

Я взглянул за окно – ливень не прекращался. Казалось, что от неба и до земли растянули сверкающие серебряные струны, а меж ними, в тумане, танцевали деревья и кусты. Благодаря щелям между бамбуковыми прутьями в помещении не было душно, но довольно таки влажно. Что поделаешь – тропики. Народ о чем-то мирно гудел. Из небольших колонок тихо разливалась песня «Tum Jo Aaye» из индийского фильма «Once Upon A Time In Mumbai» («Однажды в Мумбаи» – *англ.*). Она началась мужским голосом, но неожиданно к нему присоединился и красивый женский. Я как раз сделал первый глоток обжигающего непальского чая... и так и застыл от чарующего голоса певицы. Он был настолько милозвучный, что затмевал саму флейту. Ритм песни напоминал стиль «регги» в аккомпанементе со звуками индийских инструментов: ситары, таблака и «harmonic» – традиционного напольного мехового аккордеона. Я заворожено слушал музыку, а за окном шумел ливень. Мелкие листья эвкалипта и огромные пальмовые поблескивали из вечерних сумерек.

– Kursi khali (кресло свободно – *непал.*)? – услышал я женский голос неподалёку.

Я отвернулся от окна и увидел молодую девушку, которая, оказывается, обращалась ко мне. На ней было промокшее непальское курта-шалваре – традиционная в тех краях одежда. Курта – это свободное платье с глубокими, доходящими до пояса вырезами по бокам, а шалвары – это шаровары свободного покроя, иногда с оборками у пояса и расширением к низу, прихваченные у щиколоток шнурками. Очень красивая одежда.

Я убрал свой рюкзак с кресла и ответил по-английски:

– Please, have a seat. It is not yet occupied (Пожалуйста, садитесь. Оно ещё не занято – *англ.*).

Она с удивлением посмотрела на меня своими огромными чёрными глазами и молча присела.

– Tapai nepali hoyna (Вы не непалец – *непал.*)? – с улыбкой и вопросительной интонацией поинтересовалась она, поправляя шарф-шаль на плечах.

– No, I am not Nepali (Нет, я не непалец – *англ.*), – ответил я. Я уже привык, что многие принимают меня за непальца.

Она тоже заказала себе чаю и плюшек. Затем быстро достала из сумочки пудреницу и ловко начала приводить лицо в порядок. Вытерла влажную кожу сухим голубоватым платочком и привычными движениями подправила помадой линию губ, кокетливо несколько раз поджав их, чтобы выровнять цвет. Она совершенно не обращала внимания ни на меня, сидящего напротив, ни на толпу вокруг – будто находилась у себя дома перед зеркалом. Такая вот уверенная в себе и своей красоте юная девушка. Тем же платком она слегка просушила чёрные как смоль, длинные волосы и взмахом руки перекинула их за спину. Обычно столь непринуждённо ведут себя девушки из средних каст Четри и Невари. От неё пахло духами «Миракль».

В это время песня закончилась, и я спросил у смуглого парня, сидящего за стойкой бара, нельзя ли повторить её снова. Он улыбнулся и повторно включил магнитофон. Сидящие в комнате посетители с улыбкой посмотрели на меня и одобрительно покивали головами. Видимо, не один я был тронут чарующей мелодией и красивым женским голосом. Моя соседка по столику, подняв голову, тоже с интересом посмотрела мне в глаза и сказала по-английски:

– Я так и подумала, что вы из Индии.

– Нет, я не из Индии, – с улыбкой ответил я.

– ???

– Я из Таджикистана, – и, зная по опыту, что многим это ни о чём не говорит, добавил: – Это бывшая советская республика.

– Ааа, это там, где всегда холодно, – улыбнулась она. Видимо, этим все её познания об СССР и заканчивались. А чему удивляться – даже её ровесники в Таджикистане ничего о бывшем Союзе почти не знают.

Она прихлебнула чаю и тоже начала слушать песню.

– Очень красивая мелодия… Мне нравится голос певицы, – продолжил я разговор.

– Мне тоже. А певицу зовут Тулси Кумар.

Затем мы молча посидели, слушая звуки музыки. Я глядел в окно. Дождь не прекращался, и уже совсем стемнело.

Девушка достала из своей сумочки тетрадку и прямо за столом начала что-то записывать.

– Вы, наверное, студентка?

– Да. Я учусь в театральном по классу вокала.

– Значит, будущая Тулси Кумар, – пошутил я.

– Ой, куда мне до неё! Я пою в основном фольклорные песни.

Мы беседовали ещё часа полтора, разогревая себя непальским чаем. В основном говорила она – о студенческой жизни, об актёрах Болливуда… Её английский был безупречен. Оказалось, она два года жила в Бомбее, где и выучила его в совершенстве. Вдруг зазвонил её мобильный, и она, сказав мне «sorry», сняла трубку.

– Да, я слушаю. Да, это я, Амрита (она говорила по-непальски).

Закончив разговор, она положила конспект в сумочку и сообщила, что ей нужно идти.

– Что, срочно приглашают в Болливуд на съёмки? – пошутил я.

Она рассмеялась и, взглянув на меня своими

огромными чёрными глазами, спокойно произнесла «bye» и упорхнула из кафе.

Я попросил парня за барной стойкой опять повторить ту самую песню. Он молча включил магнитофон и раздался чарующий голос Тулси Кумар – теперь я знал её имя. В кафе народу меньше не стало, потому что дождь всё ещё не прекращался. Но я, не дожидаясь, пока он поутихнет, тоже вышел на улицу.

Вот такая вот совершенно случайная встреча с совершенно незнакомой девушкой из абсолютно другого мира и иной цивилизации. Наши пути на короткое время пересеклись во времени и в пространстве, и затем мы снова отправились каждый своей дорогой. Но в моей памяти остался её смеющийся голос, её тёмные влажные волосы, запах «Миракль» и песня «Тум джо айе», а сама же Амрита растворилась среди миллиардного населения Индостана.

Всё-таки есть своя неописуемая прелесть во встречах с совершенно незнакомыми людьми в чужих, далёких краях...

28 января 2011 года

Нирмала

*Н*епал полон исторических достопримечательностей, в нём много удивительных памятников. Ежегодно сюда съезжаются тысячи туристов.

В один из выходных дней я отправился посмотреть уникальное место – город Патан. Тут и древние ашрамы, и удивительно красивые архитектурные строения. Я остановился у одного древнего индуистского храма, разглядывая причудливейшие рисунки на его стенах, и тут ко мне подошла девочка-подросток, удивительно похожая на цыганку. Очень красивая, с тёмными волосами и с огромными миндалевидными глазами. Она торговала всякой мелкой бижутерией. Таких девочек и женщин здесь целый город – это их бизнес. Она начала предлагать мне расшитые непальские сумочки, говоря на безупречном английском языке. Мне ничего не хотелось покупать, и чтобы она отстала, я сказал, что не понимаю её. Она быстро взглянула на меня и, помешкав секунду, заговорила на чистейшем испанском.

Я махнул рукой, объясняя жестом, что я не испанец. Она затараторила на итальянском. Меня это удивило, и я поинтересовался, сколько же языков она знает.

– Много, – весело ответила она и засмеялась.

– А как тебя зовут? – спросил я.

– Нирмала.

– А по-русски говоришь?

– Да, немножко, – ответила она с легким индийским акцентом.

Затем она снова начала предлагать мне свой товар. Видимо, разговор о языках был ей не интересен. Наверное, не один я удивлялся её способностям, и она ежедневно слышала комплименты в свой адрес. Я стал разглядывать её безделушки и выбрал сувенирные бусы, выполненные под аквамарин. Лишь после этого она от меня отстала, и я подумал, что, возможно, Нирмала очень успешная торговка. Её почти ещё детский возраст и знание языков определённо подкупали туристов. Я уж точно купился.

В тот день я долго гулял по Патану. Возвращаясь обратно, я снова очутился на той самой площади, где встретил Нирмалу. Она стояла у книжной лавки, разглядывая иностранную литературу.

– Ты и читаешь на других языках? – спросил я её на правах старого знакомого.

– Нет, не читаю, – ответила она, пытаясь вспомнить, где же она меня могла встретить. В руках у неё был самоучитель французского.

– Взялась за французский?

– Да, но книжка уж больно дорогая. Ничего, я выучу его, разговаривая с туристами, – добавила она и положила книгу обратно на полку.

Затем, сказав мне «good-bye», отправилась торговать дальше. Мне вспомнились студенческие годы в душанбинском инязе. Помню, как очень хотел приобрести учебник французского языка Поповой-Казаковой, но не мог себе это позволить: тогда эта книга была редкой и очень дорогой.

– Сколько стоит самоучитель? – спросил я продавца книг на непальском языке, зная, что иностранцам они продают втридорога.

Заплатив за учебник, я догнал Нирмалу.

– Это тебе, учи.

– Спасибо, – промолвила она смущённо и

начала листать книгу.

— В школу-то ходишь? — спросил я её.

— Да, вот бизнесом и зарабатываю себе на учёбу.

Я пожелал ей удачи, и она, поблагодарив, отправилась дальше торговать по городку.

16 января 2010 года

Я сейчас работаю в Непале. Новый Год в этой стране – не особенно популярный праздник, хотя его тоже отмечают. В декабре в предновогодние дни очень жарко. Солнце светит особенно ярко, и везде тебя окружают тропические растения. Лишь изредка можно увидеть наряженные ёлочки с установленными рядом фигурками Санта-Клаусов.

Мы встречали Новый Год в Центре Русской Культуры в Непале. Это огромное двухэтажное здание, где каждый год собираются все русскоговорящие страны. Войдя в помещение, мы сразу же увидели огромную ёлку, установленную в центре фойе. Кругом была русская речь. Можно было встретить людей из Белоруссии, Украины, Азербайджана – да почти со всего бывшего Советского Союза. Хоть среди них и не было моих земляков-таджиков, казалось, что меня окружали старые друзья... Это, наверное, потому что мы, люди из СССР, всё ещё мыслим одинаково.

Не только мыслим, но и шутим одинаково, смеясь над знакомыми персонажами анекдотов. Мы понимаем друг друга с полуслова, потому что выросли на одних и тех же мультиках: «Ёжик в тумане», «Ну, погоди!», «Каникулы в Простоквашино». Мы смотрели одни и те же фильмы: «Белое солнце пустыни», «Кавказская пленница», «Джентльмены удачи». Попробуй, скажи иностранцу: «Динамо бежит?», разве услышишь в ответ: «Все бегут»? Нет! А попробуй сказать: «Конфетку хочешь?», и если он ответит «Да», а ты – «Ан нету» – какая будет реакция? Да он будет обижен навсегда!

Так вот, на новогодней встрече в Непале мы понимали друг друга без лишних слов. Был Дед Мороз, была красавица Снегурочка, были песни и танцы. И уже после, за пределами Центра, я услышал типичное «советское» выражение: «А ты меня уважаешь?». Вот тут я еще глубже почувствовал, что нахожусь среди своих...

09 января 2010 года

Катманду в декабре

Декабрьское утро в Катманду иногда бывает туманным. Сегодня как раз один из таких дней, и я решил пройтись до офиса пешком. Для местных жителей двадцать градусов тепла – это очень холодно. Они начинают укутываться в шарфы. Эти шарфы называют «кашмири» или «пашмина», и сделаны они из ячьей шерсти – очень нежные и тёплые. Я свернул в один из узких переулков. Примерно в пяти метрах от меня, справа, открылась калитка, из которой вышла молодая непалка шестнадцати-семнадцати лет, ещё школьница. Я её и раньше встречал. Повернувшись в мою сторону, она поприветствовала: «Hi, good morning» (тут так принято, мы как бы соседи), затем быстрыми шагами пошла впереди меня.

Здешние школьницы носят красивые униформы. У каждой школы свой стиль и цвет. У моей соседки форма была темно-синей, а голова была укутана тем самым шарфом-«кашмири» нежно-сиреневого цвета.

Через некоторое время она остановилась слева у дороги, где в небольшом укрытии была установлена статуя их божества Ганеша. В Катманду почти на каждой улице есть такие божества. Моя «соседка» встала перед статуей, сложила ладони так, как это делают все индусы, и, закрыв глаза, начала произносить молитву. Я поравнялся с ней и взглянул в кумирню, где перед статуей Ганеша горели свечи и шёл приятный запах дымящихся сандаловых палочек «агробати».

Незаметно замедлив ход, я понаблюдал за этой церемонией и пошёл дальше своею дорогой. До офиса предстояло идти ещё минут десять. Солнце начало разогревать непальский воздух, пропитанный приятным ароматом сандалового дыма. Я шёл и почему-то насвистывал таджикскую мелодию «Эй, санам», а перед глазами периодически возникала стройная фигура произносившей молитвы школьницы.

25 декабря 2009 года

Капли Океана

(По мотивам стихотворений Джалалуддина Руми)

Вяркий солнечный день на каменистый берег Океана одна за другой накатывали волны и вдребезги разбивались о торчащие над поверхностью, залитые солнцем утёсы. От этого удара рождались мириады капель солёной воды, которые, сверкая, разлетались в разные стороны.

Ах, как капли радовались своему новому, ранее неведомому ощущению – жизни в полёте под небом и солнцем! И ещё какому-то непонятному восприятию пространства и времени.

И каждая капля чувствовала себя самой особенной.

Но они очень быстро привыкали к своему новому состоянию, состоянию капель в полёте, и мгновенно забывали, кто они и откуда.

Но за секунды, проведенные вне океана, они успевали ощутить, каким переменчивым и холодным может быть ветер и сколь жёстким – воздух. И в такие моменты у них появлялась необъяснимая тоска по чему-то чистому, тёплому и ласковому...

Доходило и до столкновений в борьбе за безветренные и тёплые воздушные слои и даже до ненависти друг к другу.

Капли начали делиться на своих и чужих, ошибочно воспринимая отражённый солнечный луч от их поверхностей. Они не осознавали, что видимое различие между ними было обычным отражением радуги.

И лишь снова обратившись в Океан, они

умиротворялись в единении, смутно испытывая жгучий стыд за междоусобную войну и ненависть к самим себе тогда, когда они были каплями в полёте...

28 февраля 2011 года

Джурахон Маматов

ПАМИРСКИЕ РАССКАЗЫ

Список сокращений

Оглавление

+ДА

Издательство +ДА
Plusda Publishers
www.plusda.com

СПИСОК СОКРАЩЕНИЙ

англ.	английский язык
араб.	арабский язык
непал.	непальский язык
пам.	памирский язык
тадж.	таджикский язык
хуф. диал.	хуфский диалект
шугн.	шугнанский язык

ОГЛАВЛЕНИЕ

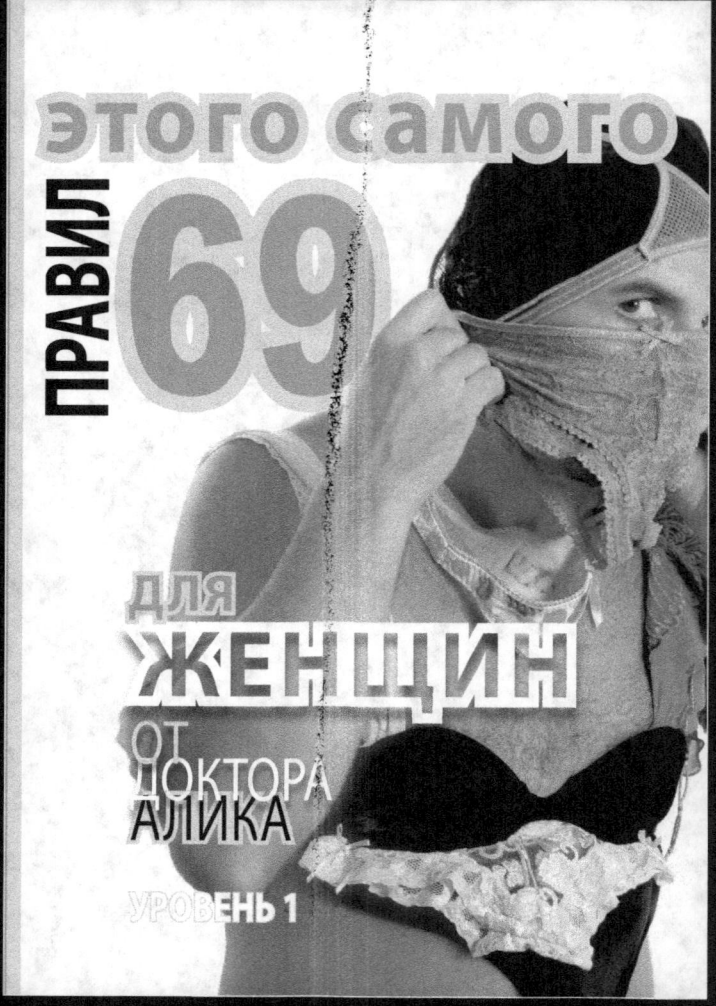

69 ПРАВИЛ ЭТОГО САМОГО ОТ ДОКТОРА АЛИКА
Доктор Алик

Сборник правил этого самого (известно чего) от Доктора Алика, скандально известного ведущего сексуально озабоченных радио-шоу. Своего рода сборник этикета для мужчин и женщин, или «Что вам не говорила мама, вплоть до выпускного вечера. Да и после тоже».

Доктор Алик возник на просторах Вселенной в 2008 году. Его неоднозначные радио-шоу повергали в смятение хозяев радиостанций, но хорошая спонсорская поддержка делала свое дело, и Доктор шумно шагал по радиоволнам США, России и Украины. Нагрянул кризис, спонсоры свернули финансирование, и станции радостно избавились от этого возмутителя спокойствия.

Оказавшись не удел, Доктор решил употребить передышку с пользой и записать на бумагу все, о чем он вещал в своих передачах. Так родилось несколько тематических книг, первую из которых мы планируем опубликовать в декабре 2010 г. Ее обложка перед вами, и она говорит сама за себя. Это свод юморных и, часто, шокирующих правил сексуального поведения — как для мужчин, так и для женщин. Вот лишь несколько из них (их, конечно же, намного больше, чем 69):

30. Настоящий мужчина, идя по улице с дамой, никогда не рассматривает проходящих мимо девушек, даже если у них классные «эти самые». Некоторые могут сказать: жена — не дама, при ней можно. Неправильно — при ней нельзя, без нее можно. При друзьях тоже можно, но вот при друзьях и при ней — нельзя в квадрате.

33. Настоящий мужчина всегда добьется того, чтобы женщина «это самое», пришла к финишу. Даже если она этого не хочет.

35. Если настоящего мужчину пилит жена, он не будет злиться или бросаться вещами, а спокойно скажет: «Женщины делают большую ошибку, пиля палку, на которой часто сидят! Подумай об этом». Я много раз проверял — женщин эта фраза вгоняет в ступор, и они замолкают.

Джурахон Маматов
ПАМИРСКИЕ РАССКАЗЫ

Издательство +ДА
Нью-Йорк
2011

www.ingramcontent.com/pod-product-compliance
Lightning Source LLC
Chambersburg PA
CBHW061141170626
46809CB00003B/944